不用打廣告，
也能擁有200萬鐵粉的
社群寫作技巧

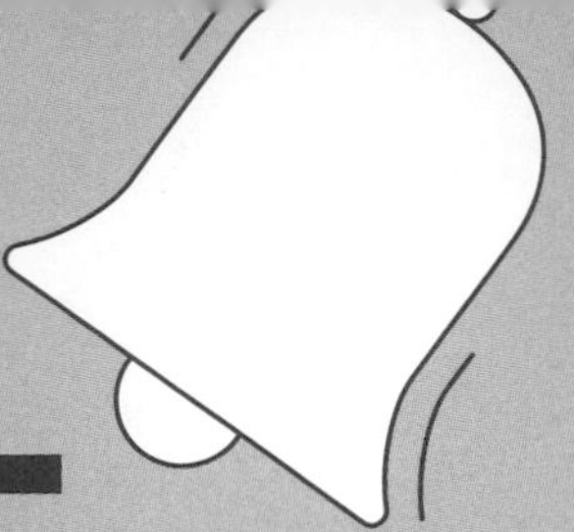

高流量寫作

楊澄——著

寫作，要如何打動人心？

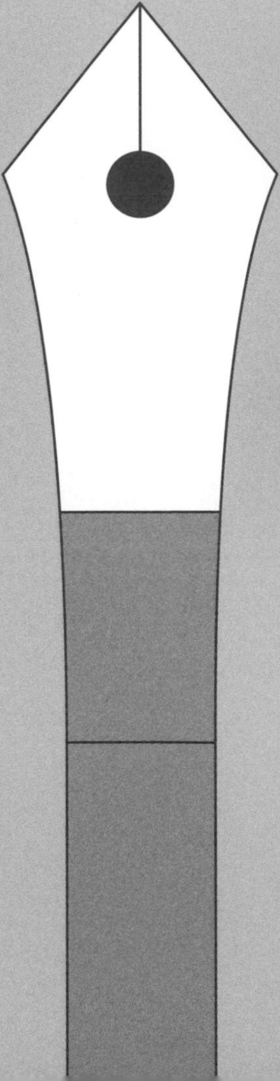

推薦序

靜宜大學台灣文學系助理教授　蔡佩均

身處後疫情時代，面臨實體經濟跌宕與數位創造產值躍升，ChatGPT可以撰寫程式和debug，乃至可以辨析梗圖解碼翻譯，可以暢行天文地理進行文藝創作。新世代理解世界的方式，已然呈現閱讀時間零碎、資訊傳播快速、媒介輕盈等特點。當時代正朝向更大的包容性和更寬廣的多元化往前邁進，我們應具備怎樣的知能與態度來迎接挑戰？應如何重塑思維，穿透表象洞察事件核心，說出動人的故事？

我在高教現場開設大一必修的閱讀與書寫課程多年，在課堂中帶領學生判讀訊息、正反思辨、覺察問題、與自我生命經驗和外在環境對話。長久的教學經驗讓我發現，「敘事力」是最為基礎、卻也最為困難的素養。基礎在於，它是個體連接內在與外界的對話渠道，有話直說並不難；困難在於，如何言之有物一擊中的，如何不落俗套自成一格，如何讓敘事有效益的同時也不忘持守生命的溫度。

「高流量寫作」乍看之下，使文字書寫成了人際互動的較量策略，然而，本書並未忽略下筆前的基礎建設和內在工程。它為讀者畫出一張地圖，讓人可以按圖索驥，從啟動敘事想像到成稿，從修辭到謀篇佈局，從微觀神經元到宏觀建構，從技藝和經驗主義走向科學與實驗。書中告訴我們，寫作不只是走心，更關乎腦科學運作，只要掌握箇中規律，便能夠利用反向工程進行引人入勝的故事創造。

作者帶我們看見，寫作有「方法」，寫作可以「教」，寫作可以「學」，寫作是文字遊戲，寫作也是精密的訓練。

我特別著迷於作者以「定時炸彈」的定律來解說故事技法：女孩明天就要離開城市了，但有個暗戀她八年的男生遲遲不敢表白；參加機器人大賽的前夕，不小心把可樂灑到主機板導致機器人當機；母親把嬰兒放在安全座椅卻忘了繫安全帶，在她看不見的轉角有輛大貨車疾速駛來……。當這些有如定時炸彈的情節激起讀者大腦中的「時間強迫症」，伴隨而生各種焦慮或亢奮情緒，引發讀者的內心獨白，那便是故事打動人心的秘訣。

又比方書中揭示的紙卡「快照」寫作法：作者以數張紙卡寫下成長歷程中的瑣碎剪影，包含大雜院裡的老太太如何告狀、幼時「鯉魚打挺」的旺盛活力、學校老師的訓勉、父女間的推心對話、女孩該有女孩的志氣，作者從生活碎片體悟到某些經驗的復返，體悟到剪影並非故事，唯有將剪影組織成故事，才能體現那些瑣碎片段的意義。

何其瑣碎，又何其精準。讓人忍不住也想成為駭客，潛伏進某個回憶中的場景，找出生命角隅的定時炸彈，在五花八門的線路中手起刀落，精準剪下——轟——

那將迎來故事的誕生。

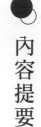

內容提要

人對於什麼樣的故事和文字有偏好，在認知科學的研究中有很多實用的成果。掌握了這些認知規律，我們可以利用它們更有效率地寫出吸引人的文章。

本書從認知科學的角度，分析人類喜歡什麼故事和文章結構。從第2至4章，本書講解宏觀快速寫作：如何迅速寫出一個段落，如何根據腦科學原理來迅速建構故事，其中涉及適讀性和譬喻、擬人、排比三種修辭的運用。第5章介紹五大寫作原理：如何寫出吸引人的文字（腎上腺素）；如何激發讀者的「代入感」（鏡像神經元）；如何讓讀者覺得高潮迭起（多巴胺）；如何讓文字昇華（GABA）；如何激發讀者的內心情感（催產素）。對於每一個寫作原理，本書都深入地進行闡述和分析，並指出了建構故事和訓練寫作的步驟與方法。第6章來到故事建構的最後一步：宏觀與微觀的介面，講解了文字流暢和連貫的祕訣。第7章講解在議論文中如何建構說服力。

在最後一章，本書用認知科學的方法來分析世界流傳的經典文學作品：這些文學作品到底符合什麼樣的人腦工作原理，才不斷地流傳下去。

本書適合學生以及內容創作者閱讀。

序言

你曾經為寫作頭疼嗎？你曾經打開一個空白文件檔，盯著游標一上午不知道第一個字從哪裡來嗎？你曾經為命題作文絞盡腦汁，削了10枝鉛筆，揉了50團廢紙，依然毫無頭緒嗎？

以上這些都是正常人的「症狀」：無論是學生還是早已踏入社會的成年人，都曾在完成課堂作文或工作報告時，為寫作而苦惱。但是，這些苦惱基本上無法靠目前市面上的參考書和國文課來完全解決。

為什麼呢？因為市面上絕大多數參考書和國文課的教學集中在解決這樣一個問題：「如何把文字寫好、修改好？」然而寫作的參考書和國文課無法解決下面兩個問題。

1. 如何迅速寫出一篇文章？能夠很快地找到切入點，很快地形成段落，很快地寫出一個完整的故事架構。

2. 如何使得故事引人入勝？

這兩個問題可以分別定義成「快速寫作」和「宏觀寫作」[1]。其實在我看來，寫作訓練本質上包含三個面向的技巧：快速寫作、宏觀寫作和微觀寫作。簡單說，快速寫作是指寫得快；宏觀寫作是指有觀點有故事；微觀寫作是指文字運用能力，比如善用修辭、文法精緻。

目前市場上絕大多數作文書和國文課教的是微觀寫作，而快速寫作與宏觀寫作幾乎從來無人提及，所以不論看多少書，很多人的寫作還是有問題：我根本不知道寫什麼，不知道如何來建構故事架構，不知道如何快速成文，光修改文字又有什麼用呢？

巧婦難為無米之炊。沒有文章，又怎麼能把文章修改好呢？要知道，寫好一篇文章的前提，是首先得寫出來一篇文章啊！

那麼，為什麼一直無人來教快速寫作與宏觀寫作呢？因為快速寫作與宏觀寫作，實際上是和語文基本無關的東西。語文，顧名思義，本質上是教語言和文學的，也就是一句話寫得是否通暢、是否精巧、是否貼切、是否引經據典。語文，並不涉及「內容創作」。

內容創作的本質是探查人心：人需要什麼故事？故事該怎麼編排？起承轉合如何把握節奏？段落安排如何實現閉環（文字環環相扣的設計）？還有才子佳人、英雄好漢、幽默丑角如何穿梭出場？此處到底是要抒發感情、昇華主題，還是要插科打諢、一筆略過？這些內容創作方面的東西涉及的都是心理學和腦科學的範疇。遺憾的是，過去的幾千年沒有腦電波、眼動、磁振造影等一系列腦造影的研究方法，因此「探查人心」的技巧就像諱莫如深的「黑魔法」：似乎有人能夠習得，而其他人始終無門可入。

當一件事情可以測量之後，就會產生理論的體系，就會逐漸地從「技藝和經驗主義」走向「科學與實驗」。例如，曾經的醫學是技藝和經驗主義，但在有了現代的檢測和醫療體系之後，醫學就變成科學與實驗；曾經的精工也是技藝和經驗主義，但在有了現代的精密製造之後，精工就變成大規模的生產。內容創作也是如此，當不了解讀者的心理時，我們就不知道對此進行「反向工程」（reverse engineering）。而當知道大腦吸收故事和理論的規律時，我們利用這些規律進行反向工程，就可以產生內容創作的科學。

這種「反向工程」就是「駭客」技術。在很多人的思維裡，「駭客」是一個略微貶義的詞：掌握電腦程式設計的人，透過解密別人的程式來盜取資訊——這樣的人就叫駭客。但其實「駭客」來源於英文 hack，它可以與「盜取」無關，也可以與「程式設計」無關。我們可以將它理解為：當了解一件事的規律之後，反向利用這個規律，創造新的產品。

內容創作也是在創造產品，甚至不只是創造一個產品，而是創造無數產品：當擁有一個絕妙的故事時，我們就創造了無限的可能性。

因此，我寫這本書的意義並不只在於教授寫作，更在於教授內容創作。中國的內容創作產業還遠遠沒有發展起來，而未來的幾十年，內容創作這個領域將衍生出無數的工作機會，表現出巨大的發展潛力。為了說清楚這個問題，我來給大家講兩個小故事。

1.1 第一個故事：柏靈頓火車站的小熊

2018年，我和老公去英國旅行，因為我一直非常喜歡柏靈頓熊的故事，所以我們直接去了柏靈頓火車站的專賣店。

去到柏靈頓火車站之後，有兩件事情讓我驚呆了：柏靈頓火車站的狹小與陳舊，還有柏靈頓熊的昂貴。原來柏靈頓火車站只是一個普通的火車站，比北京南站小很多，像是一個鄉鎮的轉運站而已。原來動畫片裡那個鄉下小熊來倫敦的夢幻故事，只是發生在一個現實中非常老舊的小火車站。而柏靈頓熊在火車站的專賣店裡，售價接近40英鎊一隻，折合人民幣300多塊錢。當時我就問了自己這樣一個問題：「同樣一隻柏靈頓熊，在中國生產的話，廠商的批發價是多少？」我想這個答案應該是「不到10塊錢」。

後續在英國旅行的幾天，類似的事情發生很多次。我不斷感慨，英國人創造故事、創造精神產品的創意產業真是太厲害了：從《魔戒》（The Lord of The Rings）到《柏靈頓熊》（Paddington Bear），從福爾摩斯（Sherlock Holmes）到哈利・波特（Harry Potter），從《王冠》（The Crown）到《粉紅豬小妹》（Peppa Pig），是一個個富有創意的故事建構了一個個強大的商業王國。

英國人就像這樣以故事和創意建立起強大的商業，靠無窮的想像力憑空創造出一個大的產業，所耗費的資源可以忽略不計，所獲得的利潤則不可想像。倫敦旁邊的溫莎鎮幾乎完全靠溫莎城堡和王室的故事來繁榮經濟；而在約克郡，有一整條街都在販賣哈利・波特的故事。

只靠一個虛擬的人物、一部動畫片、一個小動物形象，抑或是一個夢，就能創造出那麼大的產業，養活那麼多人——這在我看來，就是一件了不起的事情。

我又聯想到我們國內在生產線上製造這些創意產品的工人：他們又賺多少錢

呢？為什麼英國人賺大錢，我們只賺一點點呢？就是因為，英國人掌握故事。掌握了故事就掌握版權，版權就是創意產業鏈的上游：他們就是可以賺大錢，還可以瘋狂壓制生產商的價格。

1.2 第二個故事：羅伯特・艾格的自傳中重振迪士尼的故事

我最近讀了一本好書《我生命中的一段歷險：迪士尼執行長羅伯特・艾格十五年學到的課題》，作者羅伯特・艾格（Robert Iger，迪士尼前首席執行官），在他接手迪士尼的時候，迪士尼的銷售已經遠遠不如皮克斯。為此，他做了一個調查，發現當時美國媽媽們最喜歡的動畫角色都來自皮克斯動畫工作室。因此他給自己定下一個重要的 KPI①：要重振迪士尼[2]。

重振迪士尼的第一步就是重振動畫。所以，艾格歷盡艱辛，成功地收購皮克斯，後續又收購了漫威和盧卡斯電影兩家公司。

這個策略十分成功：他把迪士尼集團再一次推向了頂峰。因此，我們從艾格的自傳中明白了這樣一個道理：重振迪士尼的關鍵就是重振故事。

這一點在艾格的這本自傳裡表現得淋漓盡致。艾格說「我們迪士尼最厲害的地方就是無與倫比的故事講述能力」。雖然迪士尼的主要盈利業務在動畫周邊和迪士尼樂園，但是這些盈利業務都是依存於故事的。

如果沒有動人心弦的故事，動畫周邊和樂園的產業也就成了無本之木、無源之水。

由上面兩個小故事可見，寫作不只是寫作，它還是創意產業的最上游：沒有一個有靈魂的故事，很多產業是無法興起的。

這是為什麼呢？

因為我們人類的大腦就是喜歡聽故事，故事能帶來我們所需要的幻想。如果沒有幻想和故事，我們人類就不能稱為人類。

① Key Performance Indicator 的縮寫，意思是「關鍵績效指標」。

我在讀博士期間，曾經聽過圖靈獎得主朱迪亞・珀爾（Judea Pearl）的一次演講，他說：「人類大腦的計算能夠支撐幻想這個功能，幻想不存在的事物，使得我們能做出承諾和交換諾言，進而形成生產關係、統治和其他人類關係。」說完這段話，他在簡報檔上秀出一句話（來自哈拉瑞（Yuval Noah Harari）的暢銷書《人類大歷史：從野獸到扮演上帝》[3]）：

You could never convince a monkey to give you abanana by promising him limitless bananas after death in monkey heaven.（你永遠無法承諾一隻猴子「死後能到猴子天堂，有吃不完的香蕉」來說服牠把香蕉給你。）

這句話的意思是，猴子是無法幻想「當前不存在」的事物的，我們人類的大腦是專門進化來幻想的。

幻想的功能是基於聽故事的功能，故事幫我們幻想、論證、展望未來以及建立起人類之間的各種關係。可以說，我們因聽故事而會思想，我們因故事而陷入愛情、繁衍後代，我們也因故事而執著追求，不惜一切。

所以，在人類這個注重故事和社交的社會，要學會敘事，學會用敘事的方法來創作和辯論，來說服別人。這是一項重要的技巧，而這項技巧需要洞察人心。

我們必須明白，什麼時候要加一點危險的情節，讓讀者的腎上腺素飆升；什麼時候要加一些讓讀者有代入感的情節，讓他們的鏡像神經元活躍起來；什麼時候要給出一個讓人思索的結局，讓讀者感受到多巴胺的獎勵，愉悅起來；什麼時候又該調製親情、友情和愛情交織的終極精神「雞尾酒」。

我相信看到這裡的很多讀者應該已經被我說服了：內容創作能力是有助於在人類社會取得成功的重要能力，並不只局限於日常的寫作。內容創作基於兩件重要的事情：**快速寫作與宏觀寫作。這兩件重要的事情都跟讀者的大腦相關，因此教授內容創作的事情，應該由腦科學家來做**。

而我，就打算承擔這個重任。我除了是一位在腦科學領域受過多年專業訓練的人以外，也是一位內容創作者。我在寫微博的十幾年之間，從未花錢買過流量，也從未跟任何「網紅」搭配互導流量，但是截止到目前，我的各個新媒體帳號的粉絲都是健康增長，而且黏著度極高。我的祕訣就是理解故事的建構原理，理解讀者的大腦，以及如何去講述道理。

因此，我不僅做了許多腦科學的實驗，讀了許多腦科學的文獻，也實踐過利用腦科學的原理來寫作。我打算把這十幾年在這兩個領域累積的經驗完全傳授給你，帶你「打開」讀者的大腦，幫助你走入故事和內容創作的世界。

因為我相信，未來每一個國家都都需要大量的創意產業和內容創作的人才，我們也需要教下一代如何把我們的故事傳向世界。

目錄
CONTENTS

1 為什麼寫作跟大腦有關

2 快速寫作：寫作的第一步是飛速成稿

3 從大腦到建構宏觀故事

4 為大腦寫的文字：簡單又接地氣

5 大腦的品味

6 平滑得像奶油一樣：連貫與流暢的祕訣

7 力透紙背的雄辯：建構說服力

1

為什麼寫作跟大腦有關

對於一個成熟的閱讀者來說，閱讀是一個相當「自主的」和「飢渴的」過程。這是由於我們的大腦非常喜歡文字，我們常常忍不住「不讀」。我為大家講兩個小例子來證明這一點。

例子1：廁所讀物

現在有很多玩手機成癮的人會帶著手機上廁所，其中有許多人（包括我自己）並不是看影片或者玩遊戲，只是在閱讀文字而已：我們對文字的渴求如此之深，即便只是上個廁所也不想停止閱讀。

在沒有智慧型手機的年代，很多人會在廁所裡放一些報紙和雜誌——這就是廁所讀物。雖然2000年後出生的數位原住民大多沒見過廁所讀物，但是像我這樣的中年人，對廁所讀物還是留有非常溫馨的印象。

那時，很多家庭會在廁所裡擺放一些報紙或幾本雜誌，這樣不僅自己可以讀，來訪的客人也可以讀。記得有一次，在沒有智慧手機的時代，我到別人家做客，上廁所的時候發現他們沒有放廁所讀物！渴望讀一點東西的我，最後沒有辦法，只能拿起來他們家的洗髮精，讀背面的成分表。

這件事給我的印象很深刻，也讓我理解到兩件事：我們的大腦是非常容易無聊的，時時刻刻都需要資訊輸入；而這個資訊大多時是文字，可見我們特別渴望閱讀。

例子2：斯特魯普效應

現在，請你說出以下詞彙所呈現的印刷顏色。

綠色、紅色、白色、橙色

正確答案應該是：紅色、藍色、紫色和綠色。

但是，當試圖說出這幾個詞的印刷顏色時，你是不是覺得受到了干擾？這個干擾就來自於你特別想讀這幾個詞的詞義。

這個就叫斯特魯普效應[4]：大腦的自主功能會影響大腦的其他功能。閱讀文字就是一項特別自主的功能，所以它就會影響你去說出字體的顏色。

根據上面的兩個例子，我們發現：閱讀是人類極其渴求的一項活動。這是為什麼呢？因為資訊之於我們人類的大腦，就像食物之於小動物。我們一直在追尋新的資訊，沒有資訊，人類就會無法生存[5]。

但是，在閱讀上，絕大多數人喜歡小說勝於喜歡教科書，喜歡電視劇勝於喜歡紀錄片，喜歡漫畫勝於喜歡科普圖解。這是為什麼呢？因為我們大腦有特定的獲取資訊和閱讀的習慣，那就是喜歡「故事」。

當然，對故事的熱情高於對「非故事類」的熱情，只是人腦的閱讀習慣之一。藉由近幾十年的許多先進的腦科學研究實驗，我們「撬開」了讀者的大腦，進一步挖掘人類的更多喜好：我們知道了人們喜歡什麼樣的文字、什麼樣的句型、什麼樣的韻律、什麼樣的場景、什麼樣的故事架構，以及什麼樣的幻想。

1.1 讀者的腦反應就是作者的下筆點

前面說「我們『撬開』了讀者的大腦」，那麼「『撬開』讀者大腦」的腦科學實驗有哪些呢？讓我們來看一下。

眼動追蹤

眼動儀是研究閱讀時常用的一個資料來源，它的本質是一個追蹤眼球的攝影鏡頭：追蹤我們的眼睛在看頁面上的哪個文字，閱讀的軌跡是什麼樣子的，如圖 1-1 所示[6]~[8]。

當你閱讀到一個難點的時候，閱讀的軌跡就會出現變化，比如眼動就會出現「回溯」[9]，這些眼動的行為能夠讓我們研究讀者對

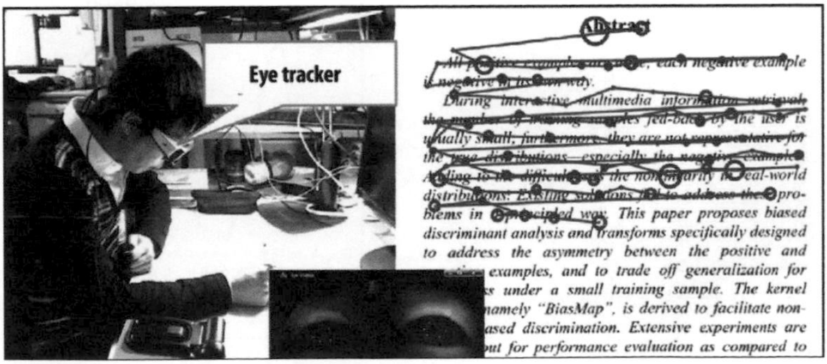

圖 1-1｜眼動追蹤設備與閱讀軌跡

（引自：Activity Recognition for the Mind: Towarda Cognitive "Quantified Self"）

我們的文章是否感興趣，對什麼樣的內容感興趣，以及文章是艱深晦澀還是流暢易懂。

腦電波

腦電波不只可以診斷癲癇這類型的腦部疾病，其實對研究正常人的生理反應也有很大的幫助。人在閱讀過程中，至少有兩個腦電波指標和處理文字有關（圖1-2）。

一個是N400。當我們發現了語義上的奇怪之處時，在刺激生成之後的400毫秒，會產生一個很大的負向腦電波，這就是N400。對於一段文字，如果閱讀過程中N400太多，就會讓人讀起來非常不順暢[10~12]。

另一個是P600。當我們發現了句法或者韻律上的奇怪之處時，在刺激生成

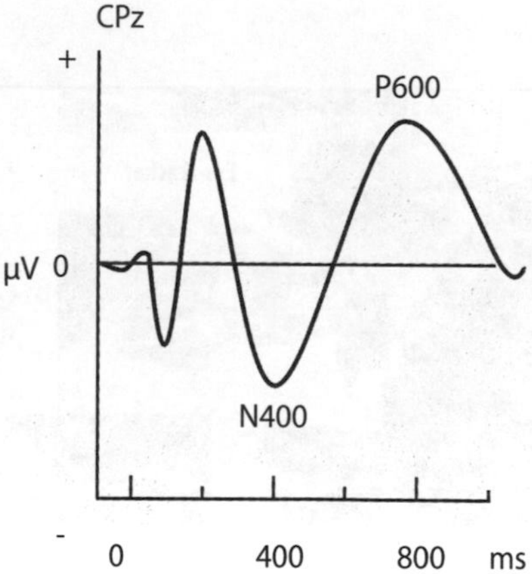

圖 1-2｜N400 與 P600 的示意圖

之後的600毫秒，會產生一個很大的正向腦電波，這就是P600。對於一段文字，如果閱讀過程中P600多，就是「字都對，但句子不流暢」的感覺[13][14]。

功能性磁振造影（fMRI）

功能性磁振造影的原理其實並不複雜。大腦裡布滿了非常微小的微血管，血管的密集程度達到了每一片小小的腦組織區域都有很多血管。我們可以理解為，大腦裡有很多運輸氧氣和養料的「河流」，這些河流遍布每一塊田地。

而在這些河流裡運送氧氣和養料的「船隻」是紅血球。紅血球能夠攜帶氧氣，就是因為裡面有螯合鐵。眾所周知，鐵是可以被磁追蹤到的。所以，功能性磁振造影原理，簡單地說，就是透過追蹤鐵來追蹤血液在大腦裡的流通量[15]。

追蹤血液在大腦裡的流通量，就可以追蹤哪塊腦組織在「努力工作」了。我們可以理解為，腦細胞都是格子間裡面努力工作的「員工」，而血液就是它們工作時所喝的「咖啡」。當這一片格子間消耗的咖啡非常多的時候，我們就可以認為這一片的細胞正在「幹活兒」。

相應地，這一片區域在磁振造影中被點亮了，如圖 1-3 所示。這就是功能性磁振造影的大致原理（當然，實際原理比這個複雜得多）。

當然，我們這本書的目的並不是教大家心理學和腦科學的研究方法，也不是教大腦影像原理。但是透過以上例子，我們就可以清晰地知道，根據現在的研究，我們已經掌握許多研究閱讀的方法，也蒐集許多閱讀的理論。

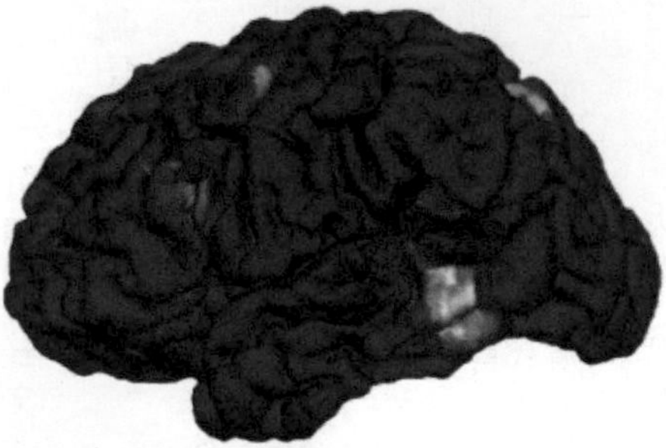

圖 1-3｜功能性磁振造影的 3D 重建示意圖

我們已經能夠打開讀者大腦這個「黑匣子」了。那麼，在打開黑匣子之後，我們明白了什麼呢？作為寫作者，我們明白了：**寫作是閱讀的反過程，讀者的大腦反應就是作者的下筆點**。

換句話說，我們根據讀者的大腦反應明白大腦對文字的偏好之後，就可以利用它來寫作。關於這一點，其實是有許多例子。

在影視圈有兩種現象：「叫好不叫座」與「叫座不叫好」。其實，在內容創作領域，無論是電影、電視劇還是小說，好評與暢銷不一定成正比。

一部作品「叫好」，一般是因為這個內容有深度。要寫出一本有深度的書，需要你在一個領域達到很高的水準，需要你有獨特的思考。只有不斷地學習、思考、領會生活，才可以做到有深度。這也不是我能在本書中教給你的內容。

「叫座」則不一樣，它最重要的是抓住讀者的心，抓住讀者的眼球。有一些內容（電影、電視劇或者圖書），我們明明知道沒有什麼深度，卻依然叫座。這就是因為它抓住讀者的心，抓住了讀者的眼球。

如電影《007》系列，它的原著小說文學性不高，而且也賣得一般。但是它就是能抓住人心：有豪車、美女、刺激的爆炸場面、間諜，這些元素從第一部電影1962年起至今已越過半個世紀，依然叫座，這就是熟知人腦規律的故事。

這當然是一個極端的例子，但是這個例子告訴我們：如果要產生一部叫座的作品，必須「從頭到尾抓住讀者的注意力」。以下是針對叫座的內容進行「解剖」，看看一個吸引人的內容，到底是如何抓住讀者的注意力的，其中包括了哪些特徵與元素。

1.2 寫作如同下廚：做一個好廚子，要知道人的口味

寫作就如同下廚：要做出好吃的飯菜，必須知道食客喜歡什麼樣的口味。只不過寫作有一點與做飯不一樣：作者是很難像廚子一樣用內省的方法來調製產品的。廚子知道自己喜歡什麼食物，就可以外推到幾乎所有人，但是作者很難預測到底其他人喜歡什麼樣的故事。這個問題，導致寫作這門技藝，缺乏從讀者角度看待的金標準。

今天我們就從兩個方面來討論這個問題：

1. 人類都喜歡什麼樣的故事和語言？
2. 作為中文的閱讀者，在我們這個特殊的文化裡面，我們又喜歡什麼樣的故

事和語言？

我們先來談談人類大腦和心理對故事的共同需求。

共鳴與代入感

人類都喜歡能共鳴的故事，也就是能讓人產生代入感的故事。為什麼那些「霸道總裁愛上我」類的小說雖然內容粗劣，卻一直廣受歡迎呢？因為可以讓人產生代入感：如我一般的普通女孩也可以被「霸道總裁」愛上。從腦科學角度來說，代入感的產生與鏡像神經元系統相關。顧名思義，鏡像神經元系統在時刻觀察別人在做什麼，並在自己的大腦裡模擬別人的認知、動作、角度。

「霸道總裁愛上我」的故事只是一個極端點兒的例子，但其他很多故事的成功也依賴於「代入感」。

舉個例子，如果我要為脊髓損傷者慈善協會拍一個公益影片來進行宣傳和募資，那麼以下兩個故事劇本就有完全不同的效果。

劇本1：我們來科普一下脊髓損傷的種類、原因和治療方案等，再找幾個醫生來講一下脊髓損傷的病例以及平時的治療日常。

劇本2：我們跟拍一個高位截癱的病人小花，她每天吃三種抗生素才能保持尿道不會感染；她已經得了很多次褥瘡；她的媽媽有腰傷，還要每天抱著她擦洗身體；她的家裡因為給她治病而窮困不堪，父母早上5點就要起床擺攤賣餛飩；小花在這種情況下，還是很努力地讀書。

我想請問一下大家，這兩個劇本哪個能籌措到更多善款呢？毫無疑問是第二個。在這種情況下，冷冰冰的科普是不能激發人類的同理心，也不能讓人產生代入感。只有深入病人的生活，才能激發我們看下去的欲望和深刻的同情心。

這是因為，共鳴與代入感是人類對故事更高層次的共同需求。我有個真實的故事，能進一步為大家說明共鳴與代入感的重要性。

我有一個朋友，是一個知名設計學院畢業的服裝設計師，長得非常漂亮也很上相。我曾慫恿她去拍 vlog（Video blog，影像部落格）。我說：「妳做設計師的經歷很難得，而且妳眼光好，長得也漂亮，當自己設計的服裝模特兒，肯定很有故事感。」

她聽了我的建議，拍了幾支影片，但不論怎麼弄都無法引起大量的關注，點閱率都很低。於是她請我幫她看看影片到底哪裡有問題。

我發現她影片的故事結構是這樣的：先交代「今天老師交代一項作業，要做一條褲子」，然後就開始認真做這條褲子，並介紹自己在這條褲子上用了什麼設計理念、什麼剪裁技術，最後展示成品，然後就結束了。

然後，我跟她說，這樣的故事是不行的，沒有人會跟褲子的剪裁技術有感情，如果我來寫這個劇本，故事應該是這樣的：

我在半夜兩點突然崩潰：這個褲子做不成了，我坐在地板上大哭。

這是為什麼呢？時間倒退回到今天下午，老師交代一項做褲子的作業。我本來是想做一條百褶的褲子，想選擇紗織的布料，可是沒有理想的布料了，於是我找了一塊亞麻代替。可是沒想到，亞麻沒法做百褶！我熬到凌晨兩點，終於精神崩潰了，想想再有幾個小時就要天亮了，馬上就要交作業了，這該怎麼辦？

說完，我又補充道：「如果影片按照我這個劇本拍，就會有很多人來看。」

原因很簡單：大多數人沒有服裝設計上學的經歷，無法了解設計理念和剪裁的技術，但是大多數人有交不上作業而著急的經歷和感受，而且也有「我的構想本來很出色，結果被一些現實的突發狀況給耽誤了」的經歷。

把劇本扭轉成這樣的故事，讓大多數人有代入感，影片才能「爆紅」。

有人可能會問：「那樣是不是就不能加入科普關鍵技術了呢？比如我們專門把共鳴作為故事的重點，是不是就不能講技術和理念了呢？」

當然不是。「乾貨」可以串聯在故事之中。就這個故事來說，我們還是可以講如何設計、如何剪裁，但是我們在其中融入了故事，讓觀眾能夠對號入座和有共鳴，那麼他們接受「乾貨」的程度就很大。記住，一個充滿共鳴的故事與「乾貨」並不是互相排斥的關係，相反地，充滿共鳴情感的故事能讓觀眾和讀者更容易接受「乾貨」。

務。

因此，故事能夠讓人有代入感，讓受眾更加感同身受，是內容創作的第一要務。

我們在後面會更加深入地解析，這樣的共鳴會激發什麼神經傳導物質，帶來什麼樣的大腦反應，並告訴大家應該怎麼激發同情感。

驚喜與幽默

寫文章就像包裝一份貴重的禮物一樣，要讓讀者在拆開一層又一層的包裝紙、一個又一個的蝴蝶結後，看到裡面藏著的驚喜。

相聲術語稱為「抖包袱」，但其實重要的並不是「包袱」，而是最後抖出來的是什麼東西，能給人多大的驚喜，這才是人腦所需要的。

我們每個人終其一生，都在追求「新的禮物」。當我們作為一個嬰兒呱呱墜地的時候，我們的大腦每時每刻都在接收著新的資訊：新的圖像、新的聲音、新的事物，還有新的人。

我們的大腦渴求新的資訊，對資訊的渴求能夠幫助我們生存[6]。就像一個原始人，認識了許多動植物，才能夠知道食物和威脅都來自哪裡。同樣，一個現代人也需要知道很多關於人物、時間、地點和方法的資訊，才可以在這個社會生存。

這些「驚喜」經常反映在大腦中的很多生物電信號上，比如N400、P600等（我們在後面的章節中會詳細論述）。

隨著我們一天天長大，大腦對於資訊愈來愈渴求，所以累積的資訊愈來愈多，但是能夠得到的驚喜卻愈來愈少：我們見過的東西愈多，能夠引發我們好奇的東西就愈少。比如，我們小時候連吃一根棒棒糖都覺得驚喜，長大後可能就算滿漢全席，也不足以為奇。

所以，給人製造驚喜是一項很難的技術，但是成功的故事都需要這樣一個讓人驚喜的「禮物」，需要製造一個謎團，讓讀者（或者觀眾）跟著這個謎團一步步地猜測，直到謎底揭開。這就是為什麼「探案」、「尋寶」、「盜墓」類的故事都非常流行：它們成功地抓住了「人需要驚喜」的心理特點。

同樣重要的還有「幽默」。幽默本質上是一種特殊的「驚喜」：它將我們的情感推到了邊界，並且給我們一種驚喜而放鬆的感覺。

幽默好比蛋糕上的糖霜、冰淇淋上的櫻桃、王冠上的寶石、貝殼裡的珍珠：只需一點點，就可以畫龍點睛。

製造驚喜與幽默是需要很強的技巧的，我們後續會詳解。在這裡，我們需要記住：一個能抓住人心的故事需要驚喜與幽默。

危機

美國有個電影系列《印第安納瓊斯》（Indiana Jones），是美國電影演員哈里遜・福特（Harrison Ford）的代表作，屬於冒險、動作片。電影主角印第安納・瓊斯總是在最後一刻衝出山洞，緊接著，山洞就爆炸了。

許多電影都用過與它類似的表現方式：主角總是在最後一刻跳了出來，要是再不跳，機關的閘門就要關了、整個山洞就要被水淹沒了或者後面的橋就要斷了，所有人就要掉進懸崖了。這樣的橋段，是不是你也看過呢？那麼，為什麼很多電影要用這樣的橋段，而且屢試不爽呢？

這其實就包含一個重要的腦科學原理：由於危機和解決危機關係到我們的生存，所以我們的大腦對於危機是非常敏感的。也因此，充滿危機感的故事往往最能抓住人心。這就是「戰鬥或逃跑」反應，我們會在第 5 章〈腎上腺素：給我站起來，戰鬥或逃跑〉詳細論述。

當然，危機有很多種，除了事關生死存亡的危機，人際關係和心理上的危機也可以給我們帶來扣人心弦的故事。

比如我們上面所舉的服裝設計師做自媒體影片的例子——「交不出作業」這個橋段除了能夠讓觀眾有極強的共鳴感以外，也是一個充滿危機感的橋段。雖然這個危機並不是那種生死攸關的嚴重危機，但是日常的這種小危機，也可以讓我們有共鳴感。

充滿動感

眾所周知，動物在野外生存，需要對「動」的東西非常敏感，因為「動」的東西要不是食物，就是威脅。因此很多動物的視覺，對動態事物的捕捉能力遠遠強於對靜態事物的捕捉能力[16]。

人類的視覺也是如此：我們喜歡看充滿動感的事物，比如滑雪、賽車這些充滿速度感的體育專案。我們甚至會對看似動感的靜態事物產生喜愛，比如一輛流線型設計的跑車或一部流線型設計的手機。

很多人不知道的是，我們大腦還有一套「鏡像神經元」系統，它能讓大腦內部像「照鏡子」一樣在腦內「模仿」別人的動作。比如，當媽媽手指滑動的時候，在正在觀察她的寶寶的大腦中，控制手指的部位也會被啟動，彷彿是在腦內排練一樣。這樣的「腦內排練」給了我們人類超強的模仿能力[17~18]。這種「腦內動態排練」也影響我們理解語言和語義。

很多研究表明，我們對於動詞的理解，和對於動作的理解是一樣的[19]~[23]。捕捉某個動詞時啟動的大腦區域，和觀察或做相應動作時啟動的大腦區域是一樣的。比如，聽到或看到動詞「打」、「拍」，或者做出打、拍的動作時，啟動的都是大腦運動區中與手相關的區域；同樣，「踢」、「走」等動詞和相應動作啟動的都是大腦運動區中與腳相關的部位。

我自己也做過這方面的研究。我根據研究發現：每個動詞不只啟動該動詞描述的動作所對應的部位，甚至能在大腦運動區啟動動詞的動態屬性。動詞的動態屬性包括一個動作的力度大小，要用手還是用腳、是快還是慢、是持久還是一瞬間。比如「打」的動態屬性就包括力度大、速度快、需要用手。神經元的活動，甚至反映了這些屬性[24][25]。

簡而言之，我們大腦對動態是高度識別的。即便是「動詞」這麼抽象的「動態描述」，也能高度識別。

所以，我們對動詞是非常敏感的——動詞就是句子的「眼」。優秀的動詞用得多，可以讓句子更加生動，甚至可以徹底改變別人對你文章的觀感。

我們舉個例子，看下面一段介紹大熊貓的話。

大熊貓善於爬樹，也愛嬉戲。爬樹一般是臨近求婚期或逃避危險時的行為，或彼此相遇時弱者藉以迴避強者的一種方式。大熊貓每天除去一半進食的時間，剩下的一半時間多數便是在睡夢中度過。②

這是一段典型的科普介紹，雖然精準，但是並不太生動。主要是因為，這段話裡的動詞以比較抽象的動詞為主，不太能調動人的鏡像神經元系統。所以，如果我們把抽象動詞替換成生活裡更常見的動詞，就會非常生動，而且非常引人入勝。

大熊貓噌的一下就爬到了樹上，它們最喜歡這種玩耍了。爬樹的行為一般是為了尋找對象，或者躲開捕食者，或者繞過那些霸凌的熊貓。大熊貓每天除去一半進食的時間，剩下的多是呼呼大睡，在甜美的夢鄉中度過。

② 本段話整理自成都大熊貓繁育研究基地的官方網站。

上面我們從人類大腦和心理的角度講明人類喜歡什麼樣的故事，下面來講講人類喜歡什麼樣的語言。關於人類喜歡的語言，我總結出下列幾個法則。

法則1：具體、簡單、清楚

相信很多人看過行為經濟學創始人、諾貝爾獎得主丹尼爾・康納曼（Daniel Kahneman）的暢銷科普書《快思慢想》（Thinking, Fast and Slow）。在這本書裡，作者借用心理學家凱斯・斯坦諾維奇（keith E.stanovich）和李察・威斯特（Richard West）率先提出的術語，說明了大腦中的兩套系統：系統1（直覺式思考）和系統2（邏輯式思考）。

系統1是不費力的，省能量的，不深入的，完全靠直覺的；我們平時生活都靠系統1，除非我們自己努力用系統2。「省腦力」是我們生存所必需的：人不可能吃喝拉撒都需要思考才能進行。如果我們需要先深入思考「為什麼我要上廁所」才能上廁所，那後果簡直不堪設想。

所以，系統 2 是很少使用的，因為它對大多數人來說是費力的。許多腦科學家稱之為「認知負荷」（cognitive load）[26][27]。

認知負荷太重，就會讓人難以堅持。

所以，寫文章的一個重點就是要具體、簡單、清楚。什麼叫「具體、簡單、清楚」呢？我們要遵從以下幾點：

1. 能用簡單的詞，就不用複雜的詞。
2. 能用具體的詞，就不用抽象的詞。
3. 每一句話只有一個中心思想，每一段落只有一個主題。
4. 當意思出現轉折或變化時，一定要有關聯詞。
5. 段落要清晰，排版要注意行距。

當然，語言大師們、文學大師們即使違反以上原則，也能寫出非常好的文章。

但是，作為新手的你，盡量不要違反這些原則，否則可能會讓人讀不下去。

法則2：長短句錯落

一篇文章，長句是能展現文筆的地方。但是，沒人能夠忍受一個又一個的長句，它們會讓人讀不下去。所以，長句之間必須有短句進行銜接。

那麼，什麼是短句呢？簡單地說，短句並不一定是以句號結尾的。這裡說的短句指的是韻律上的短句，也就是結構簡單，讀起來又鏗鏘悅耳的句子。這是因為，人的閱讀是從聲音開始的：先有「朗讀通路」，才有「默讀通路」（圖1-4）。

如圖1-4所示，閱讀是有兩個通路的。通路1是先從文字到聲音，再從聲音到意思。這個通路稱為朗讀通路（或聲音通路），非常原始，是我們幼年時期學習的第一種閱讀方法。

絕大多數人是學會了朗讀通路，才進入默讀通路，也就是走下面這條路（通路2），直接從文字到意思。但是，默讀通路由於是後學的，所以遠沒

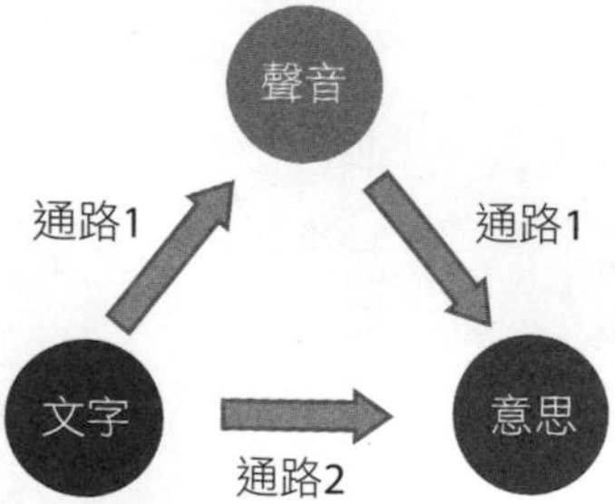

圖1-4｜閱讀的兩個通路

有原始的朗讀通路「頑強」。

比如，當你比較疲勞的時候，或者想認真讀書的時候，腦海裡是不是仍舊會響起聲音呢？這就是大腦裡原始的朗讀通路在工作。

在朗讀通路下，我們需要一句長一句短的錯落感。這種「大珠小珠落玉盤」的感覺給人一種奇特的舒適感：彷彿短句在給長句劃下一個節奏。

語言和音樂異曲同工：動聽的音樂必須有強有弱，一段文字（除了詩歌以外）也必須長短錯落，讀起來才會動聽，**才能滿足大腦裡原始的朗讀通路**。

朱自清的文章裡就經常有這種長短句錯落的段落，讓人讀起來酣暢淋漓。〈荷塘月色〉中下面這段文字就是如此。我們把短句用直線畫出來。大家會發現，每一個短句都像是為長句的意思做個總結或畫個休止符。

> 月光如流水一般，靜靜地瀉在這一片葉子和花上。薄薄的青霧浮起在荷塘裡。葉子和花彷彿在牛乳中洗過一樣；又像籠著輕紗的夢。雖然是滿月，天上卻有一層淡淡的雲，所以不能朗照；但我以為這恰是到了好處——酣眠固不可少，小睡也別

有風味的。月光是隔了樹照過來的，高處叢生的灌木，落下參差的斑駁的黑影，峭楞楞如鬼一般；彎彎的楊柳的稀疏的倩影，卻又像是畫在荷葉上。塘中的月色並不均勻；但光與影有著和諧的旋律，如梵婀玲上奏著的名曲。

而且，不知道大家注意到了沒有，短句的結尾字都是「三聲」或者「四聲」。我們看看每個短句的結尾字。

裡（ㄌㄧˇ），夢（ㄇㄥˋ），照（ㄓㄠˋ），少（ㄕㄠˇ），木（ㄇㄨˋ），上（ㄕㄤˋ），曲（ㄑㄩˇ）

朱自清對於韻律的講究，實在是令人稱嘆。這樣的平仄規律使得我們朗讀起來非常流暢。像這樣長短句錯落、平仄有致的文章就是大腦非常喜歡的。

法則3：押韻就是王道

人類有一個認知偏差叫作韻律就是原因（rhymeas reason）[28]。由於大腦的系統1太懶了，所以我們會傾向於認為，押韻的東西就是很有道理。因此，很多廣告詞非常注重押韻，我給大家舉幾個例子：

白裡透紅，與眾不同。

中國電視報，生活真需要。

恒源祥，羊羊羊。

維維豆奶，歡樂開懷。

人頭馬一開，好事自然來。

大家是不是覺得「哇，好有道理，好洗腦哦」？這就是我們大腦喜歡的文字，其說服力自然也就很強。很多俗語也是押韻的，比如「人不可貌相，海水不可斗量」、「一寸光陰一寸金，寸金難買寸光陰」。愈押韻，你愈覺得有道理。押韻的東西是有魔力的，很難讓人反駁，因為它直接「攻擊」了我們閱讀的朗讀通路。

以上這些就是人類最喜歡的故事和語言的特徵。這些特徵是「跨語言」的，無論你用什麼語言（中文也好，英文也罷）去寫文章，要想寫出人類愛看的文章，就得注意符合大腦的偏好，也就是符合上面這些特徵。有一些特徵，我們在後面的章節中還會詳細闡述，教給大家如何在你的文章中突出和強化這些特徵，讓你的文章引人入勝。

下面我們來聊聊中文閱讀和寫作的一些特殊要求。

1.3 中文寫作的特殊習慣：想成為中華料理廚師，要了解中華文化的特殊口味

中文是一種特殊的語言，有特殊的哲學、特殊的思維方式和特殊的文法，所以在用中文寫作時，需要注意下面幾點：

重頭戲在後面

在中文寫作中，我們習慣於在最後「畫龍點睛」，但是在英文寫作中，重點往

往寫在最前面。不只是全文最重要的話寫在最前面，這個原則還必須落實到每一個段落、每一個句子：每個段落最重要的話必須寫在段落的最前面，每一個句子最重要的話必須寫在句子的最前面。

我在寫博士論文的時候，就「掙扎」了很久很久。我每天都在檢查還有哪些重要的內容沒寫在最前面，但是不論我怎麼檢查，多麼自信，還是會被導師挑出沒有寫在最前面的重要內容。

這其實是東西方文化的差異在寫作上的體現：英文講究一上來就拋出一個爆炸性的觀點，而中文講究含蓄地娓娓道來，直到最後才告訴人們真正的觀點是什麼。

我的問題自然源於我的母語「中文」帶來的寫作習慣。**中文講究「壓軸」**：要留一部分最重要的東西在最後，否則會給人一種虎頭蛇尾的感覺。

因此在中文寫作中，我們要反其道而行之，時刻反省自己有沒有在最後「畫龍點睛」。如果最後沒有精彩的結尾，沒有進行最後的點題和昇華，就犯了中文寫作的大忌。我以賈誼的《過秦論》舉例說明。

及至始皇，奮六世之餘烈，振長策而禦宇內，吞二周而亡諸侯，履至尊而制六合，執敲撲而鞭笞天下，威振四海。南取百越之地，以為桂林、象郡；百越之君，俯首系頸，委命下吏。乃使蒙恬北築長城而守藩籬，卻匈奴七百餘里。胡人不敢南下而牧馬，士不敢彎弓而報怨。於是廢先王之道，焚百家之言，以愚黔首；隳名城，殺豪傑，收天下之兵，聚之咸陽，銷鋒鏑，鑄以為金人十二，以弱天下之民。然後踐華為城，因河為池，據億丈之城，臨不測之淵，以為固。良將勁弩守要害之處，信臣精卒陳利兵而誰何。天下已定，始皇之心，自以為關中之固，金城千里，子孫帝王萬世之業也。

始皇既沒，餘威震於殊俗。然陳涉甕牖繩樞之子，氓隸之人，而遷徙之徒也；才能不及中人，非有仲尼、墨翟之賢，陶朱、猗頓之富；躡足行伍之間，而倔起阡陌之中，率疲弊之卒，將數百之眾，轉而攻秦，斬木為兵，揭竿為旗，天下雲集回應，贏糧而景從。山東豪俊遂並起而亡秦族矣。

且夫天下非小弱也，雍州之地，崤函之固，自若也。陳涉之位，非尊於齊、楚、燕、趙、韓、魏、宋、衛、中山之君也；鉏櫌棘矜，非銛於鉤戟長鎩也；謫戍之眾，非抗於九國之師也；深謀遠慮，行軍用兵之道，非及向時之士也。然而成敗異變，功業相反，何也？試使山東之國與陳涉度長絜大，比權量力，則不可同年而語矣。然秦以區區之地，致萬乘之勢，序八州而朝同列，百有餘年矣；然後以六合為家，崤函為宮；一夫作難而七廟隳，身死人手，為天下笑者，何也？仁義不施而攻守之勢異也。

這段話大概敘述了秦始皇繼承秦國六代王的志向去統一六國，南邊達到百越，北邊建立長城，又收了武器，加強思想禁錮。本以為江山永固了，沒想到始皇帝一去世，秦朝竟然被陳涉一個販夫走卒之輩揭竿而起推翻了。

然後賈誼反問：天下並不弱，始皇帝能戰勝齊、楚、燕、趙、韓、魏、宋、衛、中山之君，而秦朝卻被一個沒有什麼能力和見識的平民給推翻了，這是為什麼呢？

直到這一刻，火候足了，賈誼才拋出自己的觀點：「仁義不施而攻守之勢異也。」也就是說，是因為不施行仁義，攻守的形勢才變了。為了這一個觀點，鋪陳了整個秦朝的歷史，洋洋灑灑又兼推理，這就是中文的寫作習慣：最後一句點睛，點睛之後就戛然而止。

巧用文學典故

中國的文學史長達數千年，中間累積許多的文學典故。我們今天常用的成語、俗語、典故、詩歌，有許多可以追溯到先秦時期。此後，秦漢、魏晉、唐宋元明清、民國時期，都有大量的文學經典流傳下來。這一點對於中文寫作者來說，有好處，也有挑戰。

好處有兩個：

第一，可借鑒的角度和典故太多了。能被我們想到的，古人都想過了，引經據典變得非常容易。

第二，死記硬背一些典故詩句，然後在文章中零星地插入一些進行畫龍點睛，就可以顯得很有文采。

挑戰有三個：

第一，典故用得太多，就會顯得「拽文」。

第二，要背很多成語、詩句、習語，而且必須學好它們之間的細微差異，不能用錯。比如不能把褒義和貶義弄反，也不能把只能用在自己身上的詞與用在他人身上的弄反。

第三，必須得把文學典故、文字的韻律與意境進行融合，不能只是乾巴巴擺出來。典故用得渾然一體，才有妙筆生花的效果。

韻律的問題

中文是最依賴韻律的語言。從語言學角度來說，中文是一種聲調語言（tonal language）[29]。這是什麼意思呢？中文具有詞彙音調（lexical tone），每個字可以透過語調的變化改變意思。比如，在口語中，當 [ma] 為一聲時，經常是「媽媽」的意思，為二聲時經常是「麻」的意思，為三聲時經常是「馬」的意思，為四聲時經常是「罵」的意思。

也就是說，在中文中，是根據聲調辨別意思的。也就是說，聲調（四聲）的變化是頻率的變化，如圖1-5所示。

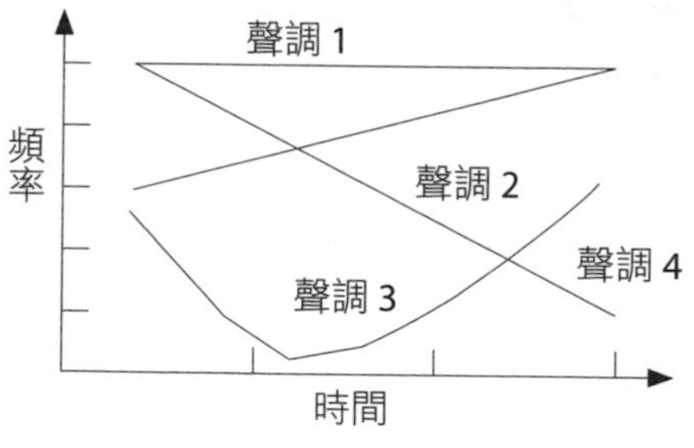

圖 1-5｜四種聲調的頻率變化

這就產生了一個問題：音樂裡的音符也是頻率的變化，而辨別中文的意思也靠頻率變化，那在我們唱歌的時候，語言的聲調疊加在音符上，我們怎麼才能分辨歌詞呢？

實際上，我在美國讀博士期間，有三年時間一直在做關於大腦對於中文聲調的辨析的研究。我每次跟美國同行解釋中文的聲調時，他們都會問這樣一個問題：「那中國人是怎麼分辨歌詞的呢？」

我總是神祕地回答他們：「中文有一個東西，叫平仄。這就是中國人分辨歌詞的祕密。」[30]

流傳下來的很多唐詩、宋詞和元曲，本來就是歌詞。我們能根據平仄，將這些歌詞中聲調高的字（平音）正好對在曲子的高音上，而把聲調低的字（仄音）正好對在曲子的低音上。

所以，特殊的聲調語言帶來特殊的歌曲填詞問題。但這個問題的解決方式（平仄音的運用）又為中文帶來特殊的韻律。

因此，只要聽過歌謠，背過詩詞，就算不知道平仄的知識，也會對平仄非常敏感。如果一段話的內在韻律符合我們的平仄感覺，我們就會覺得非常流暢，否則就會覺得讀不通順（即便語法都是通順的）。

韻律的累積是需要長時間的學習的。我們從小背的古詩，還有《聲律啟蒙》、《笠翁對韻》會幫助我們建立起對韻律的直覺。這個直覺強烈的人寫出來的文字會更流暢。

後面我們也會講述一些快速地使自己的句子更具韻律感的方法。

本章總結

在這「漫長」的一章裡，為大家打下紮實的理論基礎：讓大家了解讀者的「口味」，有一些口味是人類共通的，有一些是中文讀者特有的。

但是，光知道口味是不夠的，我們還需要學會根據人類的口味「烹調」。所以，從下一章開始，我們就會陸續講解寫作中的「紅案白案」和「煎炒烹炸」大法。

第2章和第3章分別講解「宏觀寫作」與「快速寫作」：如何迅速寫一個段落，以及如何根據腦科學來建構故事。

在第4至6章，我們來深入講講大腦的口味：大腦喜歡什麼樣的文字，故事的情節應該怎樣精巧構思，段落應該怎麼搭建。

到第7章，我們會脫離記敘文的框架，講講在議論文中如何建構說服力。在最後一章，我們會用腦科學的方法來分析世界流傳的經典文學作品：這些文學作品到底符合什麼樣的人腦工作原理，才使得它們一代代地被流傳下去。

2

快速寫作：寫作的第一步是飛速成稿

2.1 一個快速寫作的遊戲：皮亞傑建構與快速寫作

寫作最難的不是把一段文字修改成更好的文字，而是從頭寫出一段文字來。萬事起頭難，很多人苦惱的第一個問題，不是文筆不好，而是提起筆來思考大半天，卻遲遲寫不出一個字。我稱之為「空白頁綜合症」。

「空白頁綜合症」是很多人的通病。有很多孩子提起筆，發呆兩個小時也寫不出幾個字，也有很多成年人，面對工作上寫報告的要求非常苦惱，看著游標一會兒想喝水，一會兒想上廁所，就是寫不出來幾個字。那麼今天，我們就「插播」一下這個話題，談談如何訓練「很快地寫出文章」。

注意，我們這一章的主題是「寫文章快」，這並不代表寫出來的東西一定好。但是對於寫作來說，「快」就是好的前提和基礎，因為只有很快地寫出來幾千字，你才可以修改，使之變「好」。

可惜的是，雖然市面上教作文修改方法的文章、課程和圖書有很多，用這些方法反覆修改後，文章肯定能比別人好，但是如果文章寫得很慢，沒有內容可以修改，那就沒有任何辦法了。

現在關鍵的問題就在於，很少有圖書來教大家如何寫得快，如何能夠「下筆如有神助，就像瑪利歐賽車使用道具加速般」。所以，今天我們就用皮亞傑建構的方法，來為大家奠下「快速寫作」的基石。

2.1.1 什麼是皮亞傑建構

皮亞傑建構這個名稱聽上去很複雜，但其實一點都不難理解[31]。簡單來說，就是指「把一個複雜的任務拆分成很多小的任務，逐一去解決，最後合成在一起，就完成了一個大的任務」。

它分為兩步：第一步是「解構」，想想看大的任務拆成哪幾個小的部分比較合理，每個部分應該怎麼實現；第二步是「建構」，把拆好的幾部分拼起來，爭取能夠拼成大的任務。

例如教幼稚園小朋友畫太陽和兔子的簡筆畫，可以分解成以下幾個小的步驟，如圖2-1所示。

1. 帶小朋友觀察太陽和兔子可以分解成哪些幾何形狀。

a 太陽：可分解成圓形和直線。

b 兔子：可分解成兩個橢圓形（耳朵）、三個圓形（身體、腦袋和尾巴）、兩個點（眼睛）和兩個半弧形（兔子微笑的嘴巴）。

2. 教小朋友學會畫點、線，還有圓形和橢圓形等幾何形狀。

3. 最後，用這些幾何形狀拼接，就能完成簡筆畫。

其中，步驟1是簡筆畫的解構，步驟2和步驟3是簡筆畫的建構。如圖2-1所示，按照分解好的步驟一步步教學，就可以教會小朋友畫簡筆畫。

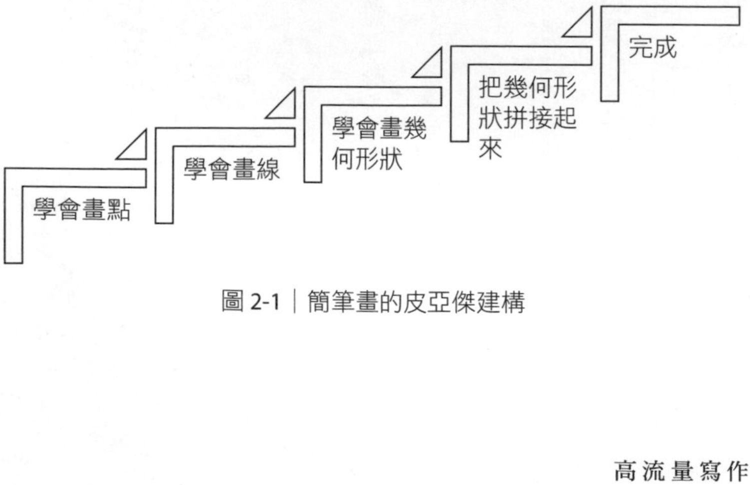

圖2-1｜簡筆畫的皮亞傑建構

「解構又建構」的目的是讓一個龐大繁雜的任務，變得不那麼大、不那麼難。這就是把一張難以吞下的大餅切成一個個小塊，然後一塊塊地吃。

同樣，寫作也可以解構和建構。我們把快速寫出一篇文章分解成以下幾個步驟：

1. 名詞與場景白描。
2. 形容詞與替換。
3. 引經據典與文章立意的水到渠成。
4. 動詞與畫龍點睛。
5. 把所有成果串聯成段落。

接下來，我們將根據上述的步驟，說明如何一步步地建構一篇可以開始進行修改的文章。

2.1.2 建構第1步：名詞與場景白描

將名詞之間的聯想做為場景描述的基礎。所以，當你遇見一個作文題目的時候，先不要著急寫句子。先想想關於這個主題（或者說場景），可以擴展出來其他什麼名詞。

這是一個最簡單的訓練，小學低年級，甚至學齡前的孩子也可以做。例如可以問他：提到「公園（海灘、沙漠）」可以聯想到什麼？

- 「公園」的聯想詞：鞦韆、花園、噴水池、長廊、長凳子、草坪和溜滑梯等。
- 「海灘」的聯想詞：沙灘、海浪、海螺、沙雕、陽傘、游泳圈和冰淇淋等。
- 「沙漠」的聯想詞：駱駝、耳廓狐、蠍子、沙塵暴和仙人掌等。

這種從名詞到名詞的聯想訓練，可以幫助作者進行「廣角收縮」：想到沙漠的一個場景，我可以想到下面要寫什麼，以及關於這個場景我可以描述什麼。這就是場景描述的基礎。

小時候，我媽媽就為我做過這樣的訓練：她在帶我去任何地方（不論是動物園、公園還是博物館）時，都會說「注意看這裡都有什麼東西」、「仔細看這裡都有什麼東西」。

去博物館時，我就會仔細觀察博物館裡有什麼繪畫、雕塑、標本等。這種訓練就是聯想。這樣我回去寫作文的時候，至少知道從博物館的一個場景出發，可以描述裡面到底有什麼。

當然，也不需要一定去博物館或者公園等，利用這種「名詞到名詞」的聯想方法，在家就可以進行訓練：廚房裡都有什麼？廚房裡少說也有幾十樣東西，你都可以從大腦裡回想出來嗎？

簡而言之，「從名詞到名詞的聯想」是場景描述的基礎訓練。等你看見一個場景就能隨便說出幾十個關聯的名詞時，場景描述就很容易了。

我們來舉個例子。

假設以「長城」為主題。那麼第一步，我們就要寫幾個跟「長城」相關的名詞。

例子1：以「長城」為主題

第一步：聯想名詞

山峰、山谷、天險、信號、狼煙、戰爭、冷兵器時代

完成建構的第一步後，你的草稿紙上應該有了幾個跟主題密切相關的名詞。那麼，下面我們就開始進行建構的第二步，為這些名詞搭配合適的形容詞。

2.1.3 建構第2步：搭配形容詞

寫完名詞，可能還需要加一些形容詞才可以進行白描。我設計一個簡單的「形容詞範本」，如圖2-2所示。其實，這個範本的基礎就是名詞與形容詞的關聯。

你可以把它當成一個遊戲：在正中央的名詞模組內填一個名詞，聯想能與之搭配的形容詞，填在旁邊的形容詞模組內。

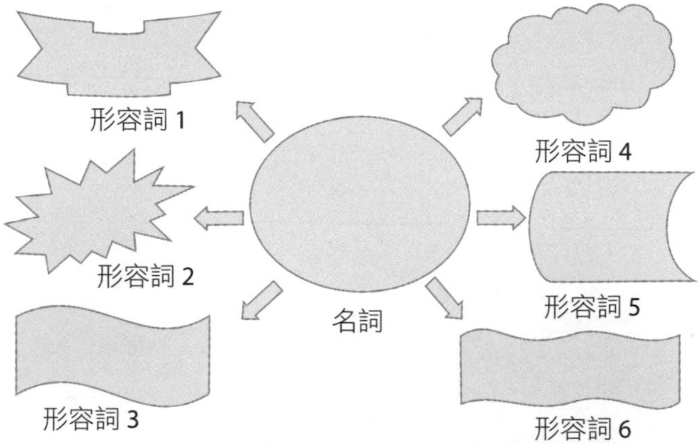

圖 2-2｜形容詞範本

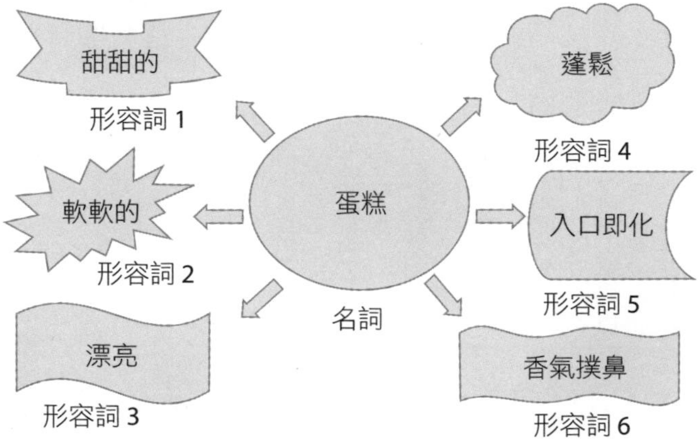

圖 2-3｜借助形容詞範本為「蛋糕」搭配形容詞

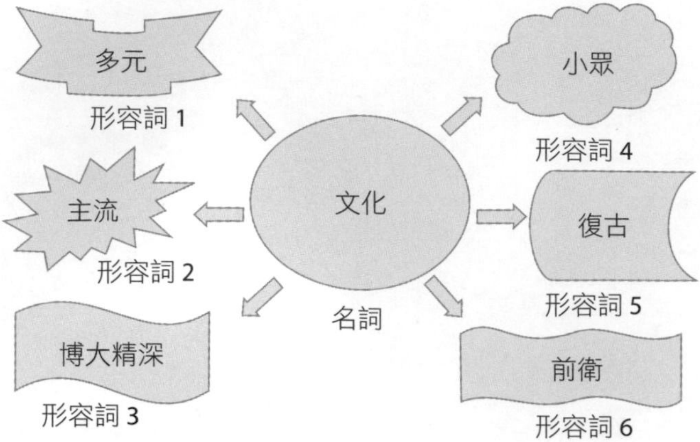

圖 2-4｜借助形容詞範本為「文化」搭配形容詞

一開始的訓練，我們可以從具體的名詞開始。比如，關於「蛋糕」，你會想到什麼形容詞呢？味道「香」、質地「鬆軟」、口感「絲滑，甜膩……」。具體如圖 2-3 所示。

每個名詞，只要能關聯五六個形容詞，就可以進行白描了。當然，這種白描不只限於具體的名詞，抽象的也可以。比如「文化」，可以用什麼詞形容呢？可以用「古老」、「源遠流長」、「博大精深」、「原汁原味」等，如圖 2-4 所示。

搭配形容詞之後，就可以進行下一步：**近義詞替換遊戲**。

我記得小時候，媽媽接我上下學的路

上，總是問我：「那些花好漂亮啊，可以怎麼形容呢？」我說：「五顏六色。」

她追問：「還有呢？」我說：「五彩繽紛。」

她繼續問：「還有呢？」我說：「五光十色。」

她又問：「還有呢？」我說：「姹紫嫣紅。」

我們會玩很久這樣的遊戲，我能找出來的近義詞愈多，就能得到愈多的獎賞。

那麼，當看到一個名詞就能想到十個，甚至更多個描述不同性質或狀態的形容詞時，如何才能進一步找出來最合適的形容詞呢？那就要靠近義詞替換了。近義詞替換就是「精準描述」的訓練。

這就是建構的第二步：給所有的名詞都搭配一個最精準的形容詞。我們繼續以主題「長城」為例子。建構到第二步之後，這個例子就變成下面這個樣子。

例子1：以「長城」為主題

第1步：聯想名詞

山峰、山谷、屏障、信號、狼煙、戰爭、冷兵器時代

第2步：給名詞搭配形容詞（給名詞搭配最精準的形容詞）

長城—綿延萬里　　山峰—層巒疊嶂

山谷—鬱鬱蔥蔥　　屏障—人工

信號—重要、寶貴　　狼煙—四起、烽火

戰爭—殘酷　　冷兵器時代—血肉相搏

2.1.4 建構第3步：引經據典與水到渠成

完成第一、二步，我們就有一些名詞和形容詞的片語了，接下來就可以確定文章的立意了。

立意怎麼迅速確定呢？簡單地說，立意要靠古人。中文難學的原因，在於中國

有幾千年的文學史；中文好學的原因，也在於中國有幾千年的文學史：所有的你能想到的角度，都被人寫過了。

唐詩、宋詞、元曲、散文，都有立意，只要背誦名句，就能夠找到立意。當然，說到這個，可能有的同學會說：「我想不起來那麼多詩歌典故怎麼辦？」這就需要平時多累積了。我小時候有一本《彩圖成語詞典》（就是給小朋友講成語的插畫書），那個時代物質匱乏，這本書被我翻爛了。

後來到先生家拜訪時，我發現他家裡也有這本古老的書，勾起了我童年許多回憶，我就感慨「這本書給我的幫助太大了。」正好先生的外甥女來了，我就請先生把這本書送給她，並說：「好好看，這裡面有很多成語哦。」

成語、詩句、典故等的累積是很重要的，就像跳舞要做伸展，練功要紮馬步一樣，這些基本功必須經常練習。

言歸正傳，關於「長城」，有這樣一句詩：「烽火連三月，家書抵萬金。」戰爭時，資訊是很寶貴的，資訊傳遞是很重要的。杜甫的這個角度就可以是你的立意。

如此一來，這篇文章的立意就有了。我們的文章就建構到了第三步。

例子1：以「長城」為主題

第一步：聯想名詞

山峰、山谷、屏障、信號、狼煙、戰爭、冷兵器時代

第二步：給名詞搭配形容詞（為名詞搭配最精準的形容詞）

長城—綿延萬里　　山峰—層巒疊嶂

山谷—鬱鬱蔥蔥　　屏障—人工

信號—重要、寶貴　　狼煙—四起、烽火

戰爭—殘酷　　冷兵器時代—血肉相搏

第三步：從詩詞歌賦、成語典故等中找到文章的立意

烽火連三月，家書抵萬金

2.1.5 建構第 4 步：動詞與畫龍點睛

我們在第一章說過，寫文章最重要的就是動詞。人腦對動作特別敏感，而且處理動詞時啟動的大腦區域與觀察，或者做動作時啟動的大腦區域有重疊之處。這就意味著，我們聽到動詞，就會想像到動作。

動詞是句子的眼，好的動詞能恰如其分地把幾個名詞連起來。什麼叫「好的動詞」呢？就是愈具體愈好，愈動態愈好，愈形象愈好，因為這樣能夠幫助大腦更好地去「想像」動作。

下面我們舉幾個例子：

「他痛苦地答應了」不如「他咬著牙紅著眼睛點了頭」。

「我仔細地想了想」不如「我一個環節一個環節地細細琢磨了一遍」。

「我吃了冰淇淋」不如「我舔了舔冰淇淋，又在嘴裡咂了一下味道」。

大家看出來了嗎？關於動詞，最重要的是能產生畫面感，即最好能啟動讀者的鏡像神經元，讓他們在大腦裡跟你一起動起來。

所以，幾個關鍵的名詞要搭配非常點睛的動詞。

我們繼續以「長城」的主題為例，在其中一些名詞的組合中間，都放一個有動態感的動詞。

長城─蜿蜒─山峰

長城─蟄伏─山谷

屏障─抵抗來襲

狼煙─傳輸─信號

冷兵器時代─血肉相搏

此時，我們的素材框就變成下面這樣了。

例子1：以「長城」為主題

第一步：聯想名詞

山峰、山谷、屏障、信號、狼煙、戰爭、冷兵器時代

第二步：給名詞搭配形容詞（給名詞搭配最精準的形容詞）

長城—綿延萬里　山峰—層巒疊嶂

山谷—鬱鬱蔥蔥　屏障—人工

信號—重要、寶貴　狼煙—四起、烽火

戰爭—殘酷　冷兵器時代—血肉相搏

第三步：從詩詞歌賦、成語典故等中找到文章的立意

烽火連三月，家書抵萬金

第四步：添加動詞

長城—蜿蜒—山峰　長城—蟄伏—山谷

屏障—抵抗來襲　狼煙—傳輸—信號

冷兵器時代—血肉相搏

2.1.6 建構第5步：把上面的部分結合起來

我們把上面的素材再彙整如下，並且對素材進行編號：

例子1：以「長城」為主題

聯想名詞與形容詞

長城—綿延萬里(1)　山峰—層巒疊嶂(2)

山谷—鬱鬱蔥蔥(3)　屏障—人工(4)

信號—重要、寶貴(5)　狼煙—四起、烽火(6)

戰爭—殘酷(7)　冷兵器時代—血肉相搏(8)

添加動詞

長城—蜿蜒—山峰(9)　長城—蟄伏—山谷(10)

屏障—抵抗來襲(11)　狼煙—傳輸—信號(12)

冷兵器時代—血肉相搏(13)

中心思想
烽火連三月，家書抵萬金
(14)

把這些素材整合起來，就得到下面的段落（文中的標號對應的就是素材的編號）。

綿延萬里的長城(1)，蜿蜒在層巒疊嶂的山峰之上(2、9)，也蟄伏於鬱鬱蔥蔥的山谷(3、10)。冷兵器時代(8)，長城是一個人工屏障(4)，也是一座信號臺(5)。匈奴來襲，狼煙便四起(6)。

因此，長城傳輸的是戰時最寶貴的東西(5、7、12)：資訊與情報。所謂「烽火連三月，家書抵萬金」，古代戰爭最寶貴的就是資訊，哪怕它在現代人看來只有幾個位元（Bit）(5、12、14)。

這不是一個完美的段落，還需要很多修改，但是已經是一個很好的段落了。對於那些盯著螢幕或者草稿紙不知道寫什麼的人來說，能夠用這樣的建構方法來寫作文，就可以非常容易地寫出一個段落。

現在，就讓我們來練習看看。

作文題目：一頓精緻的晚餐

練習1：先列出七到十個名詞，用來描寫一頓精緻的晚餐，可以是菜餚或者陳設。

練習2：給你的七到十個名詞都搭配一個合適的形容詞，可以從色香味和環境、文化等不同角度出發。

練習3：為你的晚餐找一句詩或一個典故當立意，從色香味和環境、文化等任何角度都可以。

練習4：為你的名詞添加動詞，注意動詞的選取要精緻。

練習5：把以上幾個練習的素材連起來，形成一段文字。注意，不需要把所有的素材都用上，依需求選取就可以。

當一步步地把以上五個練習都做完之後，你就可以形成一個非常精緻有趣的、關於晚餐的段落了。

2.2 擴展到抽象場景：跟我一起練習

上一節說明如何建構段落，可能有的讀者會提出：「你上面的例子都是非常具體的，長城、晚餐很容易這樣建構，但不代表我們在考試時遇到的作文也可以用這樣的方法啊！」

我想告訴大家：都可以用！所以，在這一節裡，我會把這種建構方法用在考試的作文題目上，以及古今中外的各種話題上，也會用它來建構天文、地理、科學等主題的說明文以及各種議論文。那麼我們現在開始吧。

2.2.1 往年高中入學考試作文題目的建構範例

首先，我們拿高中作文題目「這才是青少年應有的模樣」來做練習。

第一步，先想出一些跟「青少年應有的模樣」相關的名詞。

我們可以分為四組，第一組是「青少年長什麼模樣」，少年最外在的特徵是什麼呢？可能是年齡，可能是朝氣。

第二組是「青少年有什麼品格」，我們想到了「志氣」、「理想」、「勇氣」、「星辰大海」等。

第三組是「青少年有什麼思維上的特質」，我們想到了「好奇心」、「熱情」、「赤子之心」等。

最後一組是「青少年應該做什麼事情」，我們想到了「實踐」、「創新」、「真理」等。

例子2：以「青少年應有的模樣」為主題

第一步：聯想名詞

年齡、朝氣

志氣、理想、勇氣、星辰大海（流行網路用語，指有遠大的目標）

好奇心、熱情、赤子之心

實踐、創新、真理

第二步，想想跟這些名詞相關的形容詞。為名詞搭配形容詞，如下所示。

例子2：以「青少年應有的模樣」為主題

第一步：聯想名詞

年齡、朝氣

志氣、理想、勇氣、星辰大海

好奇心、熱情、赤子之心

實踐、創新、真理

第二步：為名詞搭配形容詞

花一般的年齡
向上的朝氣

永不服輸的志氣
崇高的理想

敢於競爭和拼搏的勇氣
遼闊的星辰大海

永不熄滅的好奇心
永不衰退的熱情

珍貴的赤子之心
實踐、創新、真理

我把能加形容詞的名詞都加上了形容詞。

第三步，按照上一節的步驟，加一些經典的名言警句，這樣可以昇華主題。不得不說，這個作文題目太簡單了，因為正好扣在梁啟超的散文《少年中國說》的主題上面。

《少年中國說》中有這麼一段：「少年智則國智，少年富則國富；少年強則國強，少年獨立則國獨立；少年自由則國自由；少年進步則國進步；少年勝於歐洲則國勝於歐洲；少年雄於地球則國雄於地球。」

把這段加進第三步，作為文章的立意，則材料如下所示：

例子2：以「青少年應有的模樣」為主題

第一步：聯想名詞

年齡、朝氣

志氣、理想、勇氣、星辰大海

好奇心、熱情、赤子之心

實踐、創新、真理

第二步：為名詞搭配形容詞

花一般的年齡　向上的朝氣

永不服輸的志氣　崇高的理想

敢於競爭和拼搏的勇氣　遼闊的星辰大海

永不熄滅的好奇心　永不衰退的熱情

珍貴的赤子之心　實踐、創新、真理

第三步：從詩詞歌賦、成語典故等中找到文章的立意

少年智則國智，少年富則國富；少年強則國強，少年獨立則國獨立；少年自由則國自由；少年進步則國進步；少年勝於歐洲則國勝於歐洲；少年雄於地球則國雄於地球

第四步：把所有的名詞連起來，可以用一些精緻的動詞連接。這樣就可以

形成一些短語了。比如：

花一般的年齡—蘊藏—向上的朝氣

永不服輸的志氣—承載—理想

我們把這些片語放進我們的素材框裡。

例子2：以「青少年應有的模樣」為主題

第一步：聯想名詞

年齡、朝氣

志氣、理想、勇氣、星辰大海

好奇心、熱情、赤子之心

實踐、創新、真理

第二步：給名詞搭配形容詞

花一般的年齡　向上的朝氣
永不服輸的志氣　崇高的理想
敢於競爭和拼搏的勇氣　遼闊的星辰大海
永不熄滅的好奇心　永不衰退的熱情
珍貴的赤子之心　實踐、創新、真理

第三步：從詩詞歌賦、成語典故等中找到文章的立意

少年智則國智，少年富則國富；少年強則國強，少年獨立則國獨立；少年自由則國自由；少年進步則國進步；少年勝於歐洲則國勝於歐洲；少年雄於地球則國雄於地球

第四步：添加動詞

花一般的年齡—蘊藏—向上的朝氣
永不服輸的志氣—承載—理想
崇高的理想—邁進—遼闊的星辰大海

第五步，把上面的素材連在一起，形成幾個段落。

什麼是青少年應有的模樣？（點題）有人說，是花一般的年齡；也有人說，是珍貴的赤子之心；還有人說，是永不服輸的志氣；更多人說，是崇高的理想。

這些都對，但是青少年的模樣，並不只是這些。梁啟超在《少年中國說》中，曾這樣對青少年寄予厚望：

「少年智則國智，少年富則國富；少年強則國強，少年獨立則國獨立；少年自由則國自由；少年進步則國進步；少年勝於歐洲則國勝於歐洲；少年雄於地球則國雄於地球。」

這告訴我們，一個國家的未來在於青少年的模樣，青少年的模樣塑造了國家未來的模樣。因此，我們不只要有花一般的年齡，我們要用這樣的年齡蘊藏向上的朝氣；我們也不只需要有赤子之心，我們要用這赤子之心點燃永不衰退的熱情；我們也不能只有崇高的理想，我們要用這理想邁進遼闊的星辰大海。

大家可以看到，這篇短文取材於上面的素材框，而且已經為文章起了一個好的開頭，後面我們可以用這樣的方法搭建更多的段落。

有人可能會說：「這樣也不是很快啊！」但是，對於那些一點都寫不出來的人來說，這樣的方法已經是最快的了。

等熟練之後，就可以跳過步驟，直接開始寫句子了。

2.2.2 往年大學入學考試作文題目的建構範例

高中入學考試作文題目可以用上面的方法進行建構，大學入學考試作文題目也可以，請看看下列的範例。

電視臺邀請你客串《中華地名》主持人，請以「帶你走進＿＿＿」為題（補充一個地名，使題目完整），寫一篇主持人講稿。

我來寫我的家鄉：北京。

第一步，把跟北京的「衣食住行」相關的名詞都寫下來。

故宮、頤和園、圓明園、古都、長城、胡同

糖耳朵、艾窩窩、驢打滾、烤鴨、涮羊肉、豆汁

空竹、剃頭、京韻大鼓、京劇、相聲

第二步，給每個名詞都搭配一個合適的形容詞作為修飾語。

氣勢恢宏的故宮、布滿亭臺樓閣的頤和園、萬園之園圓明園、千年古都、綿延萬里的長城、四通八達的胡同

甜蜜黏膩的糖耳朵、米香四溢的艾窩窩、Q彈爽滑的驢打滾、脆皮冒油的烤鴨、熱騰騰的銅鍋涮羊肉、酸爽的豆汁

嘶嘶作響抖空竹、擦皮帶磨刀的傳統剃頭、國粹京劇、喜聞樂見的相聲、曲藝精粹京韻大鼓

第三步，給文章選一句古詩詞作為立意。

在描述北京的詩裡，最有名的是陳子昂的〈登幽州臺歌〉。

前不見古人，後不見來者。

念天地之悠悠，獨愴然而涕下。

這首詩比較悲切，但是作為開頭，可以用來點綴古今北京的變化。

例子3：以「帶你走進北京」為主題

第一步：聯想名詞

故宮、頤和園、圓明園、古都、長城、胡同

糖耳朵、艾窩窩、驢打滾、烤鴨、涮羊肉、豆汁

空竹、剃頭、京韻大鼓、京劇、相聲

第二步：給名詞搭配形容詞

氣勢恢宏的故宮、布滿亭臺樓閣的頤和園、萬園之園圓明園、千年古都、綿延萬里的長城、四通八達的胡同

甜蜜黏膩的糖耳朵、米香四溢的艾窩窩、Q彈爽滑的驢打滾、脆皮冒油的烤鴨、熱騰騰的銅鍋涮羊肉、酸爽的豆汁

嘶嘶作響抖空竹、擦皮帶磨刀的傳統剃頭、國粹京劇、喜聞樂見的相聲、

第三步：從詩詞歌賦、成語典故等中找到文章的立意

前不見古人，後不見來者。念天地之悠悠，獨愴然而涕下。

下面我們跳過第四步（因為這次的例子是文化白描，沒有太大必要連接動詞），直接用上面這些素材連成一篇短文。

古代的北京，叫「幽州」。陳子昂在〈登幽州臺歌〉中這樣描寫北京：「前不見古人，後不見來者。念天地之悠悠，獨愴然而涕下。」

在元朝以前的古人眼中，幽州似乎是天下的盡頭。進入匈奴疆域的最後一道邊界，整日大雪紛飛，天地悠悠，令人愴然而涕下。而後，元、明、清朝都定都北京，北京逐漸成了中國的政治和文化中心。

作為千年古都，北京擁有無數歷史遺跡：氣勢恢宏的故宮博物院、布滿亭臺樓閣的頤和園、曾經是萬園之園的圓明園，還有綿延萬里的長城以及獨具特色的四通

八達的胡同。

坐著人力三輪車，或者跑步，穿梭於北京的內城，到現在還可以看見傳統的剃頭師傅，哈著白氣，在冬日裡用皮帶磨刀，一群爺爺奶奶嘶嘶作響地抖空竹。

北京是曲藝之都。有京韻大鼓、國粹京劇，還有群眾喜聞樂見的相聲，這些曲藝精粹都在北京的文化裡，一點點滲透、生根、發揚光大。

上面的文字光是羅列北京有什麼，就已經有３００多字了，況且每一段還都沒有展開。如果再展開、修改，那麼變成大學入學考試的作文一點也不難。

2.2.3 古今中外：古代人、現代人、家鄉或遠方的建構範例

前面我們講解搭梯子的建構方法：名詞—形容詞—典故—動詞—建構段落。

當然，我們還可以用其他方法建構，比如對於某個人物和某個地方，我們可以用各個方面的屬性來建構。

一個人物的屬性如下所示：

- 生活的年代
- 逸聞軼事
- 主要成就
- 對後人或對自己的啟發
- 性格和偏好

一個地方的屬性如下所示。

- 歷史
- 著名風景
- 地理人文
- 吃喝玩樂之處
- 古代遺跡
- 民俗曲藝

所以，我們還可以對主題進行填表式建構，當你把熟悉的一個人物或一個地方的相應屬性都填上去，就可以把這幾個屬性的答案連在一起，形成段落了。

我們舉兩個例子，第一個是用上面所說的屬性對一個人物進行建構，表 2-1 是以牛頓為例進行建構的。

第二個是用上面所說的屬性對一個地方進行建構。我們以洛陽為例來建構（表

2-2）。

表 2-1 以牛頓為例建構一篇作文

屬性	具體資訊
生活的年代	1643年1月4日~1727年3月31日
主要成就	發現了萬有引力定律、二項式定理等，提出運動三大定律、光的微粒説等，還給數學分支「微積分」奠定了基礎。
性格和偏好	非常痴迷於煉金術，總是尋找能把日常物品變成稀有金屬的方法。據説，牛頓研究科學都是利用業餘時間。經濟學家凱恩斯（John Maynard Keynes）曾經透過拍賣，購得牛頓的手稿，發現裡面大多數的內容並不是科學研究，而是煉金術的研究。
逸聞軼事	牛頓曾經把一根長針紮進自己眼睛裡。還曾經為了研究光學直視太陽很久，最後導致視力受損，經過三天才恢復過來。
對後人或對自己的啟發	無數的科學遺產，貢獻在數學、力學、光學和哲學上。

表 2-2 — 以洛陽為例建構一篇作文

屬性	具體資訊
歷史	5000多年歷史、絲綢之路起點之一、華夏文明起源地之一。
地理人文	位於河南省，屬於中原地區，人傑地靈，十三朝古都。
古代遺跡	洛陽市有二里頭遺址、偃師商城遺址、東周王城遺址、漢魏洛陽城遺址、隋唐洛陽城遺址等五大都城遺址，以及龍門石窟、漢函谷關、含嘉倉三大世界遺產。
著名風景	賞牡丹。
吃喝玩樂之處	吃水席。
民俗曲藝	豫劇。

接下來，我想請你們以下面的話題為例，練習一下建構。

- 一位古代的歷史名人
- 一位你最崇拜的科學家
- 一位你最喜歡的企業家

・你的家鄉
・一個你最想去旅遊的地方

本章總結

在本章，我們用皮亞傑建構來幫助大家快速地寫出了段落。雖然這些段落並不是完美的，但是你可以用這些段落來對抗「空白頁綜合症」。

巧婦難為無米之炊，我們第一步當然要找下鍋的米。這些米就是你看到的事物與其屬性，把它們連起來變成段落就可以了。

希望你經常使用我們這裡的方法速寫段落，這樣就可以熟能生巧了。

3

從大腦到建構宏觀故事

我們在第一章說明為什麼寫作與腦科學有關，在第二章介紹如何進行快速寫作，那麼到了這一章，就開始進入核心，也就是「建構宏觀故事」。

我們在一開始的序言中提到，現在國內市場講微觀寫作的書非常多，也就是在你已經知道你要寫什麼故事，而且已經有了文章的草稿的情況下，教你怎麼把文章修改得更好的書非常多。現在我們缺乏的是教授「宏觀寫作與快速寫作」的書。

在上一章，我們已經學會了皮亞傑建構方式來快速寫作，在這一章，我們來講講宏觀寫作。

什麼叫宏觀寫作呢？簡單來說，就是「如何編故事」。宏觀寫作與如何尋找最合適的動詞，如何進行修辭，如何使用關聯詞這些語言技巧都無關。所謂宏觀寫作，就是建構文章的「骨架」。如果沒有好的骨架，不知道如何編故事，那麼哪怕有再多的語言技巧，也無用武之地。

所以在這一章，我們來講講大腦喜歡什麼樣的故事，我們應該如何安排素材，把稀鬆平常的人生，變成精彩絕倫的故事。

3.1 電影大師大衛・林區的遊戲：一個利用卡片寫故事的故事

宏觀寫作（也就是如何建構故事）原理，其實不只適用於寫作，它適用於廣泛的內容製作（電影、影片、音訊、遊戲等）。凡是需要「劇本」的東西，都需要宏觀寫作。

著名的電影導演大衛・林區（David Lynch），在 Master Class[③]上講述了他進行建構宏觀故事的方法：在開始建構一個新的電影故事時，他會拿出七十張空白卡片，在每一張卡片上寫一段話，或者生活中有趣的故事。

當這七十張卡片都寫好時，他就會把這些卡片都擺出來，一張張地觀察，再重新排列，然後變成一個故事。

我曾經寫過一篇文章，主題是「女性要擺脫瑣碎人生」，裡面就用了大衛・林區的方法。我對人生中的幾個故事來回地排列重組，對童年的記憶、父母告訴我的

③ 美國的付費線上教育訂閱平臺，成立於 2015 年。

事情，還有奶奶說過的話，來回地進行閃回（插入回憶故事），拿這個主題在這幾個故事中切換。我的紙卡上只有這幾個故事（圖3-1）。

大家可以看到，這六張紙卡只是我人生中一個個片段的「快照」，它們只是我人生的一小段剪影而已。這些不是故事，故事要靠這些剪影來組織，為這些剪影留下意義。

穿梭於這些紙卡之間，這些我人生中的每一個時刻，都在提醒我「擺脫瑣碎」的重大意義——當悟出來這些剪影的共同之處時，我們就擁有一個故事。以下是我憑藉這些剪影寫下關於「女人要擺脫瑣碎人生」的文章。

紙卡 1：小時候，大雜院的老太太總是喜歡盯著我和表弟，動不動就向舅舅和舅媽告狀。

紙卡 2：我嬰兒時期喜歡做橋式，奶奶非常喜歡，說：「這個女娃娃能鯉魚躍龍門。」

紙卡 3：上大學的時候，老師告訴我們「君子以自強不息」、「為國家健康工作五十年」。

紙卡 4：我爸說，過去的女人沒有選擇，但我們這一代有選擇和機會。

紙卡 5：我媽說，大雜院的老太太數十年如一日地告狀。

紙卡 6：我觀察到很多有志氣的女孩不願意自己的生活歸於瑣碎。

圖 3-1｜用大衛・林區的方法寫作所累積的六張紙卡

我的價值觀

今天，我給大家隨意地聊聊我的價值觀（以及它怎麼建立的），以及我覺得人生最可怕的東西是什麼。

我小學時和表弟是同學，我超級喜歡住在舅舅舅媽家，和表弟一起寫作業一起玩。那個時候，他們還住在大雜院，生活條件比較差，住宿也擁擠。

在大雜院裡，有幾個老太太特別嘴碎，喜歡跟我舅媽告狀，說我和我表弟又去哪裡玩了，又闖什麼禍了。她們全天二十四小時盯著別人家的孩子，並不是因為她們喜歡孩子，而是因為她們喜歡找這些孩子的錯處，好去趾高氣昂地告訴他們的家長「您家的孩子多麼沒規矩」。

我真是煩死她們整天煽風點火了。好在我舅媽是一個非常溫柔大度的人，從來不聽這些。老太太們不甘心，就等我舅舅回家再告狀。等到舅舅罵我表弟或者打我表弟了，她們才滿意地離去。

這些老太太的行為，與我父母和奶奶給我的教育大相徑庭，讓我產生了很多思考。

我嬰兒時期，喜歡在床上打挺（做橋式）。我奶奶特別喜歡，說這個姑娘能「鯉魚躍龍門」。她特別喜歡我旺盛的精神頭兒，還給我繡了一條「鯉魚躍龍門」的小被子。

我小時候剛認字，我爸爸就明確地跟我說：「女人想在這個世界出頭，太難了。一定要記住，切勿玩物喪志。」

我爸告訴我：「很多東西都是遊戲。打扮、玩洋娃娃、與其他小朋友交往、人與人之間的閒話和算計等，這些都是遊戲。切勿因為遊戲，忘掉自己的志向。」

我長大了，喜歡各種「遊戲」。我喜歡打電子遊戲，喜歡追劇、追星，喜歡看書、寫文章、上網，喜歡到處逛、花錢買買買，我也喜歡聽人八卦，喜歡看男生打籃球，喜歡看帥哥，喜歡吃喝玩樂。

我從不過「禁欲」的生活，也不想遠離世俗，去過什麼「極簡主義」。得益於我爸從小給我的「反沉迷訓練」，我知道這些都是「遊戲」，也懂得「切勿玩物喪志」。

我胖過，也瘦過，戀愛過，也失戀過。胖的時候有人勸我減肥，瘦的時候有人誇我好看，戀愛的時候很高興，失戀的時候也曾哭過。但是，其實我都明白，所謂的身材、外表、戀愛、女生之間的爭鬥、娛樂，其實都是「遊戲」。

我不能沉迷於此，我要有大志向。

我父母給我的教育是：不能做一個瑣碎的人。就拿開頭提到的大雜院裡那幾個老太太來說，我雖然煩她們，但也可憐她們：為什麼人生這樣瑣碎？

我爸說：「以往的女人沒有選擇，只能過瑣碎的人生，每天只能想雞毛蒜皮。而你們80後這一代的女性，幾乎是第一代能靠讀書選擇自己命運的女性，你一定要抓住歷史的機會。」

我媽說：「這些老太太，我跟你舅舅小時候，她們就天天跟你奶奶告狀。如今你和你表弟都長大了，她們還是數十年如一日，換成跟你舅媽告狀了。」我小時候想，我不能活得像她們那麼瑣碎。

鋪墊了這麼長，我想說，這就是我的價值觀的形成過程。一個人的價值觀，可以從她最恐懼什麼來談起。

我最恐懼的，就是變成一個瑣碎的人：沒有志向，沒有理想，沒有什麼星辰大海，每天絮叨孩子，挑他們的錯處，每天跟菜販子爭幾毛錢，或者絮叨老公為什麼不關抽屜門，為什麼不出去抽菸。

我澄清一下：我不是鄙視這樣的人，我是恐懼這樣的瑣碎生活。大雜院的老太太們不知道這個世界還有萬千的精彩，不知道人可以活成什麼樣子。她們都是文盲或者半文盲。

她們摸不清自己想要什麼。千百年來，女性都是這樣過的，她們在家裡的雞毛蒜皮中消磨了一生：

窮人家的擔心麵食夠不夠吃；

富人家的琢磨婆婆的鐲子什麼時候傳給她；

溫柔一些的給老公補補衣服；

潑辣一些的跟婆婆鬥鬥嘴皮子；

聰明的知道幹點繡活兒貼補家用；

懶一些的躺在髒被子上抱怨別人家的漢子好。

無論她們性格如何、家境如何，終究逃不過的，是瑣碎的家長裡短。可即便這樣的女性，也有很多人渴望有自己的天地。那麼受過教育的女性，怎麼可能想失去光明？

在我成長的過程中，我爸、我媽、祖父母、外祖父母，都對我寄予厚望。我上學學的是「君子以自強不息」，是「為國家健康工作五十年」。

我少女時代都不敢「玩物喪志」，我成年了，豈能讓一生歸於瑣碎？我認為這就是很多年輕人，特別是年輕的女性不敢結婚的原因。

誠然，在婚戀中，確實有很多人眼高於頂，老想找自己構不著的人，也有一些人指望靠婚姻過日子。但是，絕不是所有人都這樣。我知道，有很多女孩跟我當年一樣，並不是她們看不上別人，也不是她們眼高於頂。

她們不是懼怕當「賢妻良母」，而是懼怕「只是個賢妻良母」，失去了自己的身分和理想。對於一個從小立下志向的女孩，讓她歸於瑣碎，其殘酷程度約等於曾經見過光明又失去了眼睛。

這就是我的價值觀。

這就是大衛・林區的方法：把人生的幾個片段穿插在一起，然後把這幾個片段共同的感悟當作線，把這些片段當作珍珠，就可以串連出一個故事。

3.2 起承轉合：精彩故事的公式就在你的大腦裡

從上面的例子可知，建構宏觀故事的技巧，即產生一個故事的方法，在英文、中文的創作上皆適用，而且不僅限於電影或寫作，也適用於任何內容的創作。這是因為，宏觀故事的建構與語言無關，它是故事的串聯方法。

每當一個國家興起時，內容創作（也就是基於故事的創意產業）就會呈現百花齊放的景象，內容創作需求也會呈爆發式增長。這個定律在歷史上經常可以見到，如文藝復興的興起，根本原因就在於生產力的發展、經濟的繁榮。文藝復興時期產生很多內容創作的藝術家，涉及眾多領域：繪畫、雕塑、音樂、建築、哲學、文學、戲劇和歌劇等。還有美國的好萊塢，從20世紀50年代開始，隨著美國經濟的蓬勃發展，好萊塢開始起飛，產生大量的國際影星、優秀電影，還推動美國文化的大量輸出以及與整個第三產業的發展。

中國也即將進入這個階段，在不久的未來，將有大量與內容創作有關的工作機會。現在打下好的建構故事的基礎，將來就可以在馬上要爆發的各種內容創作領域有極強的競爭力。這對提高個人經濟效益、發展新經濟，以及從製造業轉型成「智造業」，都有極大的幫助。

想要創造出優秀的內容，基石就是創造出令人激動的故事。前面我們講了大衛・林區的卡片式故事建構方法。但這種經驗主義是遠遠不夠的，從腦科學的角度來說，一個精彩的故事必須在起承轉合上下功夫。

起、承、轉、合，在每一步都要精心架構，才能夠一直抓住讀者的心。

3.2.1 起：開頭如何吸引人

開篇如何「起」，這是文章最要緊的問題。沒有人有義務看你的文章，所以把讀者「抓住」，是作者的首要任務。如何一開場就讓人期待不已，而且迫不及待要追這個故事，是一個重要的技巧。下面我們從腦科學的角度，教大家兩個簡單易行的方法。

方法 1：描述危險的場景

大腦是極度回應危險的。我們的大腦有一個 HPA 軸（thehypothalamic-pituitary-adrenalaxis，下丘腦—垂體—腎上腺軸），專門用來處理緊急的情況，有 fight or flight（戰鬥或逃跑）的反應。這是人腦中一個極其重要、極其核心、極其原始、極其自動的反應。

同時，由於人的大腦裡充滿了鏡像神經元，所以不只是在自己遇見危險的時候，「戰鬥或逃跑」這個回應回路會被啟動，在別人遇見危險的時候，我們也會精神非常專注和緊張。

因此，文章的開頭描寫一個「危險」且能啟動腎上腺素的場景，就能夠非常有效地吸引住觀眾的注意。不知道大家有沒有看過這樣的電影或小說：一開頭，主角就在被黑惡勢力追趕，或者一開始，主角就正在被各路高手追殺或正在跳懸崖。

這樣的故事一開始就抓人眼球，一下子就把人吸住了。當然，所謂的危險，不一定非得是肉體上的，情感或者生理上的危險也是可以的。比如在一開始描寫「你要去參加一個重要的面試，路上卻遇到了意外」，或者「你去找一個暗戀很久的人表白，卻不敢推門而入」。

這樣的開頭都會非常吸引人。

方法2：描述出人意料的場景

大腦也有特殊的信號，來處理跟日常生活不一樣的新奇場景和元素。研究腦電波生理學的同學都知道，當遇見一個新奇的場景或者事物的時候，大腦就會產生一個很大的腦電波：N400。也就是在遇見一個新奇的場景或者事物時，在刺激生成之後的400毫秒，會產生一個大的負向的腦電波（我們在第1章也提到過）。這個腦電波的產生是因為神經元遇見新奇的刺激，就會產生大的「集體興奮」。而腦電波就是「神經元集體興奮」的標誌。

出人意料，就能引人注意。「神經元對新奇事物集體興奮」是深藏在大腦裡的「機關」，揪住了，就可以吸引人的注意力。出人意料，並不單指驚嚇，其實幽默也是一種出人意料。因此，我們經常看見一些特別牛的小說，一開始都是很幽默的語言或者很幽默的情節。

比如，我寫的下面這段話，大家就會覺得很有意思。

一般的小說，男女主角都像有金剛護體一樣，怎麼刺殺都殺不死。但在這個故事裡，我們的主角，沒有光環。她這會兒就要吐血而亡了。

這種反「主角光環」的設定就會吸引讀者進入故事。

幽默是一個把生活中的有趣之處進行擴大和形象化的過程，比如下面這段「紋身了就不能發胖了」的內容，也適合作為開頭。

要嚴正警告那些想紋身的同學們：紋身了可就不能發胖了！否則——玫瑰變大紅花，鬱金香變向日葵，金魚變熱帶魚，藤蔓變仙人掌，駿馬變山豬，蝴蝶變蛾子，蜈蚣變螃蟹，連紋個字，都會行書變隸書，草書變圖騰啊！

3.2.2 承：如何保持讀者注意力

有好的開頭還不夠。在故事發展的過程中保持讀者的注意力是十分重要的。依賴於人腦裡的激素，特別是催產素的存在，人對感同身受的故事特別能夠保持注意力。就像一個靈魂深處和你相似的朋友跟你分享經歷，你特別能聽得下去一樣。

方法1：故事的主角有和讀者共同的經歷

有一些經歷是人類都有的。比如，小時候覺得「大人都很幼稚，有一天我長大了會怎麼怎麼樣」，或者班主任們都會說「你們是我帶過最差的一屆」，又或者寒假回家，媽媽都會做一大桌子菜。

這樣的情節都會引起讀者很大的共鳴，讓讀者跟著繼續讀下去。我們在承接故事的過程中，一定要加入一些這種能夠讓人有共鳴的內容。

3.1節中關於〈女人要擺脫瑣碎人生〉（第100頁）的文章裡就加入許多這樣的「人類共同經歷」：許多女孩見過因為沒有選擇而使得生活失去理想的長輩。這樣的寫作方法更能讓人共鳴。

方法2：故事的主角有讀者嚮往的品質，或者有可以讓讀者產生共鳴的品質

如果當我們的讀者在現實生活中遇到了我們故事中的主角時，想和他成為朋友，甚至喜歡他、尊敬他，那就表示主角與讀者成功聯繫起來了。

比如主角非常地勵志，在艱苦的環境下，他雖然掉了無數的眼淚，遭遇無數的

坎坷，但還是「站起來」了，那麼讀者就會受到很大的激發。

我們一定要發掘出故事主角特殊的閃光之處，在故事中「承接」的部分把這個閃光之處表達出來——這樣才可以抓住讀者的心，讓他們願意繼續讀下去。

很多年輕的朋友管這個步驟叫「入坑」④，我覺得非常貼切：我們要在這個階段，使讀者對我們故事中的角色「入坑」，讓他們喜歡上故事中的角色——這樣才能完全「吸住」讀者。

方法3：主角需要可愛，但他並不是沒有弱點

在看了一個角色的痛苦、脆弱和需要時，讀者就會和他有更深的聯繫。

假設我們看到一個男孩，瘦瘦弱弱，一副書呆子模樣，戴著眼鏡，穿著格子襯衫，站在玻璃門外，看著心儀的女孩，雙手在背後握著一束玫瑰。正在他緊張地猶豫著不敢進去的時候，一個高大壯碩的男生突然出現，撞了他一下，但完全沒有道歉的意思，直接走了進去，和女孩來一個大大的擁抱。

---

④ 網路用語，指專注地投入某一件事情之中。

原來這個高大壯碩的男生，是女孩的新男友。

當看到這樣一個小故事時，我們的心就會悄悄地轉向那個「書呆子」男孩，替他著急、替他惋惜、替他感到委屈。

當讀者的心被牽動時，故事就開始走向成功了。

3.2.3 轉：期待本身比結果更重要

有很多人會寫精彩的開頭和耐人尋味的結尾，但是故事的中間會鬆懈。這種在中間鬆懈的故事，就會給人一種非常不過癮的感覺。

「過癮」的故事是指那些情節會愈來愈上升，讓人愈來愈激動，愈來愈耐人尋味的故事。這就要求「轉」的方法特別好。有一個特別有趣的方法，叫「定時炸彈」。

比如第1章提到的《印第安納瓊斯》這部系列電影，主角每次都在山洞快要爆炸的最後一刻，才從山洞滾出來。

這樣的電影故事技法，在後來的很多電影中得到了應用。這就是「定時炸彈」：主角在故事中知道，自己在某個時間點必須要做一件什麼大事，否則就大事不妙。

當然，「定時炸彈」並不一定是真的炸彈，也可以是各種deadline（最後期限）。比如這樣的情節：女孩明天就要離開這個城市了，一個暗戀她八年的男生，到現在還不敢表白。

或者這樣的情節：你們一行五個人參加機器人大賽，本來所有準備工作都就緒，明天就要上臺展示了，結果頭一天晚上，你不小心把可樂灑到了主機板上，機器人「當機」了。

又或者是這樣的情節：母親把嬰兒放在了安全座椅裡，卻忘了繫安全帶；她正在一邊打電話一邊開車；在她看不見的轉角，有一輛大貨車疾速駛來。

這些情節都是「定時炸彈」，因為它們都會激起讀者的「時間強迫症」。「時間強迫症」是人類大腦的一個重要的習慣，當 deadline 接近，而故事中的人物還沒達到要求或期待的時候，讀者就會著急、焦慮、緊張、被故事吸引。上面所有的「定時炸彈」情節都能讓讀者發出內心獨白。

比如，女孩就要離開，男生還不表白，很多讀者就會發出這樣的內心獨白：「快點，別再猶豫了。」

而假如你在參加大賽之前，把展示的機器人弄壞了，讀者就可能發出這樣的內心獨白：「怎麼這麼笨？」

人物每一次的成功或失敗，讀者都會跟著緊張起來，這就是因為故事設定中有個 deadline，也就是「定時炸彈」。由於「時間強迫症」，這些「定時炸彈」一定會吸引著讀者繼續閱讀，去追蹤故事的結尾。

這就是「定時炸彈」之所以能「攻擊」讀者大腦的原理。我們可以把這種建構故事的方法用在自己的文章裡，在「轉」的部分進行「定時炸彈」的建構。

3.2.4 合：大腦最喜歡曲折而充滿鬥爭的故事

下面我們就要說到「結尾」了，也就是怎麼「合」，怎麼才能不虎頭蛇尾。其實本質上來說，大腦喜歡的是矛盾、鬥爭和戰勝困難的故事。

「鬥爭之後戰勝困難」這樣的敘事結構在人類社會是非常有用的。人類的社會是一個社交性非常強的社會，人與人之間的關係和鬥爭，在大腦中占有很重要的地位，我們前面也講過這樣的觀點。

另外，與自然環境和野獸的鬥爭，又體現了人類生活的另一方面，要生存，就要「明知不可為而為之」。

因此，人與人之間的鬥爭，人與自然之間的鬥爭，都是最吸引人的故事。這就是為什麼很多人喜歡「宮鬥」題材或自然探索題材的內容。

因此，讓主角做「屠龍的騎士」，**給主角一個挑戰**，成了一個非常重要的寫作技巧。很多故事的主角經過千辛萬苦，與天鬥、與地鬥、與人鬥，才最終獲得勝利——大腦就喜歡這樣的故事。

另外，「學習」也是在鬥爭中獲勝的一個很大的因素：很多時候，最終的結局是主角在鬥爭過程中會有一個大的轉變，領悟到新的道理，發現了新的事情，在困難中大澈大悟。

在領悟到新的道理的時候，大腦會釋放 GABA（γ 胺基丁酸），即一種跟學習有關的神經傳導物質。在故事的高潮，我們要給鬥爭一個「解決方案」，這個「解決方案」要透過主角的頓悟表現出來。當主角頓悟的時候，這個故事的道理就會顯現，讀者一樣會跟著大澈大悟，大腦裡也會釋放出令人頓悟的 GABA。

沒有解決方案的故事是不完整的，會讓人感覺「虎頭蛇尾」，並不過癮。而有了「定時炸彈」、有了「鬥爭」、有了「大澈大悟」以及「解決方案」的故事，會讓人覺得非常完整、過癮。

像上面那個機器人比賽的例子，故事情節就可以寫成：「當主機板因為被澆了可樂而壞掉之後，你們需要找一個新的主機板。但是，從網上買已經來不及了。這個時候，團隊的人打了起來，打完一架之後，大家都精疲力竭、垂頭喪氣，因為第二天就要展示了，只剩下八個小時，而你們所有人還都不知道能怎麼辦。突然一個成員發現，一臺舊電腦的主機板也可以用。於是大家團結一心，把這個主機板接好了。最後，你們在大賽中獲得圓滿成功。」

這樣，故事就完成了「轉」和「合」的部分：不僅有「定時炸彈」，還有「鬥爭」，以及最後的「大澈大悟」與「解決方案」。

結合上面所有的部分，我們發現一個精彩故事的公式就是：

起（用危險或出人意料的開始抓住讀者眼球）＋承（引起讀者的感同身受）＋轉（用「定時炸彈」來炸出期待）＋合（重重困難和鬥爭與主角的大澈大悟）＝精彩的故事

那麼，有沒有故事離開了這個套路仍然精彩呢？可以說，在人類的歷史上，有很多「反」這個套路的故事，我們依然感覺很精彩。但是，那需要非常強的故事建構能力和更強的敘事能力，非一般人所能教授。當我們熟練掌握套路，加以應用，寫出一些扣人心弦的故事之後，再學習那些比較難的技巧也不遲。

本章總結

在本章，我們重點介紹了宏觀的故事建構。大衛・林區的卡片方法可以幫你找到一些生活中的片段和靈感。這些片段如同珍珠，如何把它們串起來呢？我們利用腦科學的方法，告訴大家如何進行起承轉合——這就是一種串珍珠的方法。

當你掌握這個技巧，再輔以第2章所講的速寫段落的技巧，那麼文章的大體框架就有了，這樣你就擁有「初稿」，徹底擺脫了「空白頁綜合症」。

4

為大腦寫的文字：簡單又接地氣

在前面的章節中，我們說明許多關於故事建構的技法和技巧。接下來的兩章，我們會轉換角度，講一講文字。

我們先討論下面這些問題：為什麼說大腦是慵懶的？到底什麼樣的文字是它所喜歡的？閱讀在大腦裡的過程到底是什麼樣子的？怎麼才能「炮製」出大腦喜歡的文章，使得讀者覺得順暢又回味悠長呢？

因此，這章我們就講講「適讀性」量化的標準以及「修辭」這個文學化的手段。為什麼對於文字要講這兩點呢？

因為寫文章就像做菜，適讀性是指你的食材的「煮熟程度」——必須全部的食材都熟了，大腦才可以「吃」。而修辭就像是「調味」，有人「口味輕」，有人「口味重」，不同的作者，修辭的程度也不一樣：有人以簡單樸實為主要文字風格，而有人每句話都帶著修辭。但不論你是哪種風格，修辭都必須搭配適讀性，就像調味必須配合食材一樣。這樣你的菜或者文章才有渾然一體的感覺。

那麼，我們就來講講聊聊大腦的特性與「適讀性」的建構，以及譬喻、擬人、排比三種修辭的運用。

4.1 大腦的特性是慵懶

我有一次聽丹尼爾・沃伯特（Daniel Wolpert，英國一位知名神經科學家）的TED演講。他說，有一種初等生物叫作海鞘，它在生命初期在海裡游動和探索。然後在某一時刻，海鞘會在岩石上安定下來，再也不移動，並開始吞吃消化自己的大腦和神經系統[32]。原因是，海鞘在安定之後，就不需要再探索和折騰了，大腦這種費能量的昂貴組織，留來何用呢？說完這個故事，沃伯特笑著說：「這多麼像已經拿了終身編制的教授啊！」

聽完這個小故事，可能大家會哈哈大笑。但是沃伯特講這個故事的本來意義是：大腦是昂貴且費能量的，從進化的角度來說，能不費腦子就不費腦子。

諾貝爾獎得主丹尼爾・康納曼的《快思慢想》對這個現象做了詳細的論述，就是我們在第1章提過的大腦的系統1和系統2[33]。

系統1是一個「自動巡航系統」，也就是自動的省能量系統，平時用起來不費勁，但是真遇見問題了，可能會出現小的紕漏。

系統1負責什麼領域呢？可以說生活中除了「新的難題」以外的幾乎所有事情，比如早上起床，在你迷迷糊糊的時候，你穿上衣服，洗臉刷牙，搭捷運上班。這些都不需要過多的思考，都是你的系統1在幫你做事。

系統1除了管日常生活，也管你「熟悉的工作」。比如你是一個老程式師，那麼你所做的大多數程式設計工作是由系統1完成的。只有在遇到你不是很熟悉的關鍵演算法時，才會調用系統2。

所以，這就是在腦力勞動中，老手和新手的區別：老手有80%的工作用系統1完成，而新手80%的工作需要用系統2。

系統2是極其耗費能量的。它是用來幹什麼的呢？是解決新的問題，尋找難題的答案，去學習新的技能，做你不熟悉的事情。

比如在學幾何的第一天回家解幾何證明題，在學物理的第一天回家做受力分析，或者在學程式設計的第一天回家寫程式。這些過程都需要用系統2。

很多人有這樣的體驗：在國外上學，使用外語一整天之後回家，腦子會很累。這是因為你的外語還不是很熟練，所以你必須調用系統2。如果你在國外生活很多年，你就不會累了，因為那個時候，外語已經進入了你的系統1。

綜上所述，大腦是能不用系統2就不用系統2，因為系統2是非常耗費能量的，一旦用了就會非常累。

很多家長經常批評孩子「不愛動腦子」。但實際上，絕大多數人是不愛動腦子的，動腦子和去健身房運動一樣，都是逆人性的。

因此，我們的文章中，不可以有大段的需要大量調動系統2的文字——這會讓人讀起來很累。雖然看書是為了學習，但是作者應該給讀者以「緩坡」，也就是一步步地搭好梯子，而不是讓讀者大段地讀艱深晦澀的文字去費腦力，否則讀者還沒有學到什麼東西、還沒有讀到引人入勝的地方，就已經失去耐心了。

關於這件事，我們有一個測量工具，叫「適讀性」。這個測量工具與英文相關，但在中文也適用，讓我們來看看「適讀性」是怎麼計算的吧。

4.1.1 什麼是適讀性

我相信很多小朋友和家長都看過「英語分級閱讀」的讀物。那麼你們有沒有想過「英語分級閱讀」是怎麼分級的呢？

其實，就是靠「適讀性」的公式來分級的。簡單地說，就是根據適讀性把英語文章分成幾個難度，這就叫「分級」。有了「適讀性」計算方法，你也就可以為自己的文章分級了。

關於英語文章的適讀性，有好多種計算公式，這些公式是由不同的作者透過不同的研究總結出來的。我們給大家舉幾個例子。

弗萊士閱讀容易度計算公式（The Flesch Reading Ease Readability Formula）

具體的公式是：

閱讀容易度＝206.835－（1.015×句子平均字數）－（84.6×

每個字的平均音節數）

也就是說，得分愈高，證明句子愈短，字的音節愈少，因此閱讀容易度也就越高。

- 閱讀容易度得分在90～100之間的文章一般來說可以被五年級的學生所理解。
- 閱讀容易度得分在60～69之間的文章一般來說可以被八年級到九年級的學生所理解。
- 閱讀容易度得分在0～30之間的文章要具備大學本科以上的學歷才能理解。

Flesch-Kincaid Grade 年級程度分級閱讀公式（The Flesch-Kincaid Grade Level Readability Formula）

具體的公式是：

年級程度＝（0.39×句子平均字數）＋（11.8×每個字的平均音節數）－15.59

也就是說，得分愈高，證明句子越長，字的音節越多，因此閱讀年級程度也就越高。其中，句子平均長度的權重比較低，只有0．39，而每個字的平均音節數量的權重比較高，為11．8。所以掌握由多音節片語組成的長句子是閱讀升級的關鍵。

這個公式的計算結果是年級數（分數是依據美國年級程度的系統）。也就是說，如果用上面的公式計算得出的是9，那麼這個閱讀材料就適合九年級的學生。

The Fog Scale（含霧指數，The Gunning Fog Index）

具體的公式是：

含霧指數＝0．4×〔句子的平均字數（總字數／句子總數）＋100％×（難字）〕

含霧指數是英文出版界的指標，含霧指數在8以下的文章是比較容易理解的，而在12以上的文章是很難被人理解的。《聖經》和馬克·吐溫的文章含霧指數都在6左右，而《時代週刊》（Time）和《華爾街日報》（The Wall Street Journal）的含霧指數在11。

除了上述的一些適讀性計算公式，還有不少其他的適讀性計算公式，比如柯爾曼—劉指數（Coleman-Liau Index）、自動閱讀指數（Automated Readability Index）等。

從上面的計算，我們可以看出對於英文這樣的拼音文字來說，判斷適讀性的高低，主要看的就是「句子有多長，每個字的音節有多少」。這些特徵可以說是文章的「表面特徵」，也就是文章看上去有多難。

由此可見，適讀性高的文章裡很少用特別難拼寫的字，也很少用長句子。同時，適讀性與文學性並不是完全相關的，適讀性高並不代表文學性就差。優秀的作者完全可以用適讀性很好的文字寫出文學性非常強的文章。比如馬克・吐溫的所有小說，用的都是簡短的句子和簡單的字，但是寓意非常地深刻。

當然，以現在的技術來說，適讀性不需要手動計算了。在正版的 Microsoft Word 軟體中設置一下就可以計算英文的適讀性，或者在上網搜尋「readability calculator」，就可以找到很多線上計算英文適讀性的工具。

那麼中文適讀性是不是也可以這樣計算呢？答案是肯定的。臺灣師範大學做了一個系統來計算中文的適讀性[24]~[27]，叫作 Chinese Readability Index Explorer⑤，簡稱 CRIE。

這個系統是基於中文繁體字的，但是把簡體字輸入進去也可以計算，只是結果會受到一些影響。這個計算中文適讀性的系統類似於英文的系統，只計算文章的「表面特徵」，也就是根據有沒有用一些非常晦澀的字，字的筆畫是不是很多，句子是不是特別長等進行計算。

什麼樣的文章是適讀性很差的呢？2020年中國的大學入學考試，浙江省有一篇滿分作文在網上流傳，引起廣泛的熱烈討論，部分文字如下所示：

> 現代社會以海德格的一句「一切實踐傳統都已經瓦解完了」為嚆矢。濫觴於家庭與社會傳統的期望正失去它們的借鑒意義。但面對看似無垠的未來天空，我想循卡爾維諾「樹上的男爵」的生活好過過早地振翮。
>
> 我們懷揣熱忱的靈魂天然被賦予對超越性的追求，不屑於古舊座標的約束，鍾情於在別處的芬芳。但當這種期望流於對過去觀念不假思索的批判，乃至走向虛無

與達達主義時，便值得警惕了。與秩序的落差、錯位向來不能為越矩的行為張本。而縱然我們已有翔實的藍圖，仍不能自持已在浪潮之巔立下了自己的沉錨。

……（後略）

這篇文章竟能得滿分，一石激起千層浪：網上熱搜不斷，當地《人民日報》等大家媒體也進行了評論和轉載。

為什麼大家爭議那麼大呢？就是因為這篇文章沒有平衡適讀性和文學性。最高的文學境界，是用大白話講出流傳千年的故事和詩句，就像白居易那樣，寫出的詩歌老奶奶都聽得懂，或者像朱自清的散文，樸實平和，卻讓人回味。

讀者的期望什麼時候能被滿足，或者說讀者的審美品位什麼時候能被調動呢？就是一段文字「雙高」的時候，即適讀性很高，文學性也很高，這就是用簡單的文字，傳達出深刻的意思。

---

⑤ http://www.chinesereadability.net/CRIE/index.aspx

如果做不到「雙高」，至少也應該做到文字難度與文學性相匹配。也就是說，當這段話必須用上比較難的詞和比較長的句子才能說明白時，再用比較難的詞和句子。

當一段文字適讀性很低、文學性又不高的時候，讀者就會覺得作者在「拽文」：兩句話能說清楚的事情，非要賣弄辭藻一番，這中間必有內情。

上面這篇滿分作文，就引起許多人關於「是不是考生在跟閱卷人對暗號」、「這是不是一種新型作弊」的猜測。

很多讀者之所以猜測的原因就是：一篇大學入學考試作文的立意並沒有那麼深（簡單地說，作者的立意就是「當社會從傳統走向現代，固有權威在解體，不假思索的批判只會讓人陷入虛無主義」），但是他用了以下這些非常生僻的詞：嚆矢、振翮、肯綮、玉墀、祓魅、婞直、孜孜矻矻。

很多作家表示，這樣有點「辭不配位」：作文要表達的意思，完全可以用更簡單樸實的語言表示，不會遺失任何想傳達的涵義。

4.1.2 適讀性與大腦的慵懶之間的關係

我們講了半天的適讀性，到底跟大腦的慵懶有沒有關係呢？答案是肯定的。這就要提到第 1 章所說的閱讀的兩條通路了。

如第 1 章的圖 1-4 所示，閱讀實際上有兩條通路：一條通路是從聲音開始的「朗讀通路」，即先把字形變成聲音，再變成文字的意思；還有一條通路是直接從文字到意思的「默讀通路」。所以，不論是哪條閱讀通路，解析字形都是閱讀的開始。

對於英語來說，字形的難度取決於字的拼寫和句子的長短；對於中文來說，字形難度就取決於每個字造字有多複雜，詞有多生僻與句子的長短。

所以從這個角度來說，適讀性就是對大腦慵懶程度的一種把握。如果你文章的適讀性很低，那麼大腦肯定不會喜歡讀。

很多人誤以為提高適讀性就會降低文字的深刻性，這完全是對文學的誤解。有很多文學大家用簡單的文字揭示了深刻的道理。比如，白居易經常把自己的詩詞念給老婆婆聽，她們聽不懂就改，直到她們能夠明白詩詞的意思。因此，適讀性與文章的深刻性是不具連動性的。

初學寫作的人駕馭文字的能力不是很強，往往喜歡堆砌華麗的辭藻，這是一種非常不明智的做法，會降低文章的適讀性。你的文字看上去愈難，讀者就越不愛讀。每寫一句話，就會失去許多讀者。

談到這裡，可能很多朋友會有這樣的問題：「我是很想把文章寫得非常簡單、清楚明白，但是作文老師不喜歡呀！」或者「我的主管不喜歡呀，他們就喜歡有文學性或者說堆砌辭藻的文風，怎麼辦？」

不要著急，照顧大腦的慵懶性與產出文采飛揚的文章，這兩點並不矛盾。所有人都喜歡蕩氣迴腸的文字。那怎麼做到一篇文章讀起來酣暢淋漓，又能讓人拍案叫絕呢？這就需要特殊的修辭方法了。

4.2 讓大腦喜歡的修辭方法

不同語言因為書寫結構和語法的不同，修辭方法也會略有不同。但是絕大多數語言支援下面三個人類共通的修辭方法：譬喻、擬人和排比。在世界上絕大多數語言中，譬喻、擬人和排比不只存在，而且都是支柱性的修辭方法。

為什麼譬喻、擬人和排比這三種修辭方法，也存在於世界上絕大多數語言中呢？因為這三種修辭方法已經超越語言的界限，它們的存在跟大腦的惰性相關，人類就用這三種修辭來降低自己的思考難度。

譬喻的本質就是用熟悉的東西、常見的東西、具體的東西和看得見摸得著的實體的東西來作喻體，由此讓人能夠理解不熟悉的東西、生僻或是抽象的概念，以及看不見摸不著的感受。

因此，譬喻的「神」作用就是降低大腦理解的難度，一下子讓人有畫面感和熟悉感。如果這樣的效果沒有達到，那麼這個譬喻就會顯得比較生硬。

擬人，更是一種能夠幫助人類大腦理解與人類無關的自然現象、抽象概念的修辭方法。這是因為人類的思維模式經常是「人類中心」的。國外有一個專有名詞形容這種思維角度：human-centric（以人類為中心）。它的意思是我們總是以人類的想法，以人類的思維角度來看待其他事物。

我們舉幾個例子。人們經常覺得穿漂亮衣服好看，所以就會給貓狗也穿衣服；經常覺得人類經過精加工和烹調的食物好吃，所以也經常給小動物餵人類的各種食物；經常覺得自己站在下雪的黑夜中會很孤寂，所以經常有人如此形容一個雪人：它站在雪夜中，彷彿很孤寂。甚至當一些專門在戰場掃雷的特殊機器人被地雷炸了，也會有人說：「哇，這些機器人好可憐，為我們犧牲了。」總結來說，就是人類經常為這些小動物，甚至沒有生命的物體賦予人類的情感，這就是一種「以人類為中心」的思想。

這種以人類為中心的思想，對於做科學研究來說是不好的，會讓研究者陷入「實際是以人類為中心，卻誤以為自己客觀」的現象。最有名的一個例子就是丁仲禮院士在接受記者的採訪時，對中國碳排放問題的回答。記者提到，一些國外的專家說如果中國人不減少碳排放，就沒法兒拯救地球。丁仲禮院士很直白地回答：

「是人類拯救自己的問題……地球用不著你拯救。」在這裡，西方專家所謂的「限制碳排放能夠拯救地球」，實際上就是一種典型的以人類為中心的思維模式。

但是對於寫作來說，這種以人類為中心的固有思維模式反倒是一個可以利用的槓桿支點。讀者的大腦需要這種以人類為中心的思想，許多道理可以透過滿足這種需求而講明白，讓讀者很輕鬆地接受抽象的理論。這就是擬人的修辭方法產生的根基。

排比對大腦的作用就更好理解了，以流行用語來形容就「很重要，所以說三次」。從我們腦科學的角度闡述，排比就是用文字的重複來為文章「畫重點」。人慵懶的大腦是需要「畫重點」這個服務的。其實我們每個人都渴望重點，尤其是當你在學習一門很難的科目，或者讀一本內容很深刻的書時。能夠幫你畫好重點的老師，或者幫你畫好重點的筆記，都能夠讓你慵懶的大腦得到一定的喘息。同樣，善用排比的作者能夠幫你在文章的重點處或者高潮處畫出重點，自然能夠得到讀者的喜歡。因此，我們可以認為排比是一種在高潮或者需要強調的地方，氣勢恢宏地「給大腦畫重點」的方法。

我們總結一下：譬喻、擬人、排比這三種修辭方法之所以在絕大多數語言中成為修辭的支柱，是因為它們支撐人類的思維，迎合大腦的懶惰。

接下來，我們就具體來講一講這三種修辭方法的技巧，看看可以用什麼樣的訓練，使自己的修辭更能迎合大腦的懶惰，它們是如何幫助讀者理解你的文章，並如何經由修辭降低文章的難度，提高文章的適讀性。

4.2.1 用譬喻呵護缺乏想像力的大腦

絕大多數的人在面對抽象、陌生的概念時是缺乏想像力的。譬喻能夠透過具體化從兩個方面幫助人想像：一是從「屬性」上輔助想像，二是從抽象的「關係」上輔助想像。

我們分別來舉例說明。

首先，什麼叫「從屬性上輔助想像」呢？簡單來說，就是你的本體肯定有各種各樣的「特徵」：顏色、大小、質地、密度等。這些特徵就稱為屬性。我們可以從每個屬性中找一個喻體來具體化你的本體，這樣就可以幫你的大腦「拼湊」出本體到底是什麼樣子。

比如，我們給「棉花糖」作一個譬喻：

一顆完美的棉花糖，應該有像新鮮牛奶一樣的顏色，像棉球一樣蓬鬆，像雲朵那樣輕盈，吃起來還會拉絲。

這樣的一個譬喻就可以讓讀者心裡產生一個畫面：棉花糖是什麼形狀、什麼質地、什麼密度。

當然，這樣的屬性譬喻並不局限於簡單的視覺屬性，可以是感知的任何方面，比如：

路上的交通如此擁堵，每個輪胎上就像有膠水一樣，和瀝青路面黏合在一起，撕也撕不開。

在這個譬喻句裡，我們就用膠水的黏性來譬喻交通的堵塞程度。

因此，譬喻句有這樣一個作用：讓抽象的屬性，透過感知的具體化而產生畫面感，讓人容易理解。

在這個方面，中國文學有許多成語就是用譬喻的修辭把抽象的概念具體化了。「抽絲剝繭」是用古代人抽桑蠶絲動作，來比喻由淺入深、逐步分析的流程。「行雲流水」是用雲的飄動和水的流動，來比喻文章或者畫面的流動的樣子。「精耕細作」是用農民耕種的過程，來比喻做事情的耐心和細緻。這些成語就是譬喻的非常好的範例，把一切抽象的概念都具體化了。下面再舉個例子。

這本書我推薦給許多公司的高階主管，一旦讀過，我相信你會像近視的人第一次戴上眼鏡，看到世界煥發出不一樣的色彩，呈現出清晰的運行脈絡。

我用「近視的人第一次戴上眼鏡」來比喻讀者讀了這本書後思路、視野被打開的感覺。這種有趣的畫面感就是譬喻這種修辭的精髓。

第3章第一一〇頁最後一小段文句「紋身了就不能發胖了」也體現了極強的畫

面感。雖然它不是譬喻句，但可以讓大家體會畫面感的產生過程。

當然，譬喻除了具體化屬性之外，還有一個作用，就是可以具體化關係。比如我們看下面一個關係示意（圖4-1）。

這並不是說太陽系長得像原子，而是它們內部的關係有一些共同點：都有一個品質很大的中心（太陽、原子核），也都有品質小的實體沿著軌道圍繞中心運行（行星、電子）。

這種關係的類似，也可以變成譬喻句。

> 理解原子的內部結構並不難：我們可以想像原子核就像是太陽一樣，而周圍的電子就像是行星，繞著原子核在軌道上運行。

這樣的類比讓原子的整體結構在大腦裡有了畫面感。這就是靠用大家熟悉的關

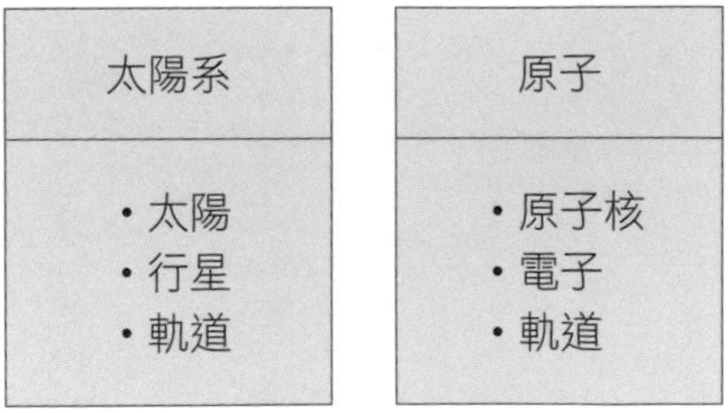

圖 4-1｜太陽系與原子的關係示意

係模型（太陽系中太陽與行星之間的關係）來建構不熟悉的關係模型（原子中原子核和電子之間的關係）呈現的。

我曾寫過一條微博，這條微博被無數人轉發，並且流傳到了微信的朋友圈和小紅書。這條微博如下所示：

我覺得許多第一胎生了女娃的家長比第一胎生了男娃的家長，更熱衷於要二胎，也不一定都是因為重男輕女。

是因為女娃娃確實比較乖，比較懂事，比較自律，讓這些家長對自己的能力產生了幻覺，覺得自己是育兒「專家」，不再生一個可惜了。

男娃家長很多也想生二胎的，來個女孩。沒想到後來對自己的能力產生了清醒的認識。

寫育兒書的，大多數是女娃家長。

怎麼說呢？感覺就是把訓練「邊境牧羊犬」的經驗寫下來，給「哈士奇」的爸媽看。

什麼「不吼不叫，好好溝通」——這一看就是家裡都是「邊境牧羊犬」。

你生個「哈士奇」就知道了，他自己就「嗷嗷嗷」地狼叫。

這條微博爆紅的原因，是有句話觸動了男寶寶家長的一根心弦：「（一些育兒書的作者就是）把訓練『邊境牧羊犬』的經驗寫下來，給『哈士奇』的爸媽看。」

「育兒專家的理論」與「現實中父母的育兒困惑」之間的關係，我用訓練邊境牧羊犬與哈士奇之間的關係進行類比，就有畫面感了（圖4-2）。

育兒	訓練狗
• 育兒專家的理論 • 一般家長的實際情況	• 訓練邊境牧羊犬 • 訓練哈士奇

圖 4-2｜育兒與訓練狗的關係示意

4.2.2 擬人——賦予物體情感

我們在前面講了「以人類為中心」這個思維上的謬誤：

人總是很自大，認為世間萬物的情感，都是跟自己一樣的。

這個思維的謬誤是有很強大的生理基礎的：我們大腦中有很多區域是用於處理和形成自我意識的。要形成「我」這個概念並不容易，需要很多層級的計算架構的搭建，還需要億萬年的演化。直到近代，我們才能夠大致理解人的自我意識是怎麼在大腦中建構的[38]。

當然，自我意識的思維架構是非常重要的。如果沒有自我意識，也發展不出來人類文明。小朋友就是認知到了「我」，才會有很多概念，比如歸屬、社交、計算、數學和語言交流等。

因此，雖然自我意識的產生會帶來「人類中心」這個思維上的謬誤，但是它是人類非常重要的一種固有思維，也可以被寫作者利用。

人類的一大愛好就是為人以外的事物賦予人類的情感，並且用這些情感來渲染和表達自己的情感。如果能夠善加利用人類這個愛好，就可以寫出非常好的文章。

比如，電影《萬花嬉春》（Singin' in the Rain）就表現得非常有意思：男主得到愛情之後，非常開心，就在下雨的時候在雨中跳起舞來。

「人有悲歡離合，月有陰晴圓缺。」月亮的陰晴圓缺、天氣是晴是雨，其實與人的感情並無關係，但是因為人需要抒發感情，而讀者需要與你有共同的感受，所以這些外部事物的變化就與人的感情有了關係。

那麼，我們應該怎麼練好「擬人」這個修辭方法呢？其實很簡單，想像你周圍的事物都「活了」起來，它們都跟你一樣，有想法、有感情、有自主意識。

其實你的家，就是迪士尼電影《美女與野獸》裡被下了魔咒的城堡，蠟燭、鐘錶、檯燈、茶壺，他們原本都是人，都有臺詞。

我們用這樣的設定去思考身邊的所有物品：我的牙刷會怎麼想？我的茶杯會有什麼感受？我的圍巾會有什麼樣的內心獨白？

我的牙刷會想：「每天蹭來蹭去的還要洗冷水澡，真的又冷又溼又鬱悶！」

我的茶杯會想：「一天讓我喝五次熱湯，我腸胃都受不了了！」

我的圍巾會想：「纏在你脖子上我已經頸椎腰椎都疼了，不要再拿我的腿擦鼻涕了！」

這個練習就是賦予每一個物體人類的情感，你可以把自己的牢騷、抱怨、開心和甜蜜，都編成臺詞，賦予這些物體。

當你習慣做這樣的「給物體編臺詞」的遊戲，你就可以順利地掌握「擬人」的修辭方法了。實際上，擬人沒有任何難度，就是把你的情感投射在其他事物上，並且把這個遊戲放大。

這個遊戲也可以成為家長和小朋友之間的修辭練習遊戲：大家一起為家中的物體編臺詞。

等大家都習慣做這樣的遊戲，擬人的修辭方法也就信手拈來了。

4.2.3 排比句——一個事物的三個面向

排比這個修辭方法雖然看起來複雜，但是實際上很簡單，就是指出一個事物的三個面向。

當我們指出任何一個事物的三個面向的時候，就可以形成一個排比句，而這可以用簡單的「框架圖」來進行訓練。

舉個例子，我現在想說一下悲觀情緒是怎麼產生的。那麼「悲觀的人」有哪三個特徵呢？請看圖4-3。

當我們有這樣一個簡單的框架圖的時候，就可以產生一個非常漂亮的排比句了。

悲觀的人，對問題有特殊的感知：從時間上，他們覺得問題永遠會存在；從空間上，他們認為問題到處都是；從屬性上，他們認為問題只屬於我自己。

這就是一個很簡單的排比句，抓住問題的

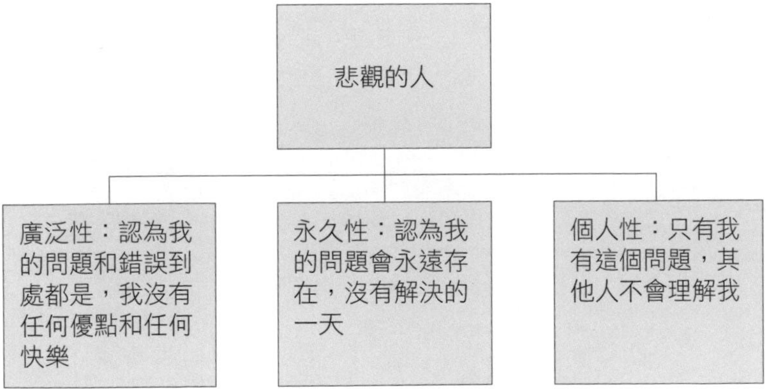
悲觀的人
廣泛性：認為我的問題和錯誤到處都是，我沒有任何優點和任何快樂
永久性：認為我的問題會永遠存在，沒有解決的一天
個人性：只有我有這個問題，其他人不會理解我

圖 4-3｜一個排比句的結構框架圖範例

三個面向。

對於任何東西都可以抓住其三個面向來寫排比句。有一次，孔慶東老師在微博上寫了一個排比句，意思是說俄羅斯有很深厚的文化、技術和政治底蘊等，將來一定會復興。

他的排比句的結構如圖4-4所示。

他想了一個事物的三個面向，並且把每個

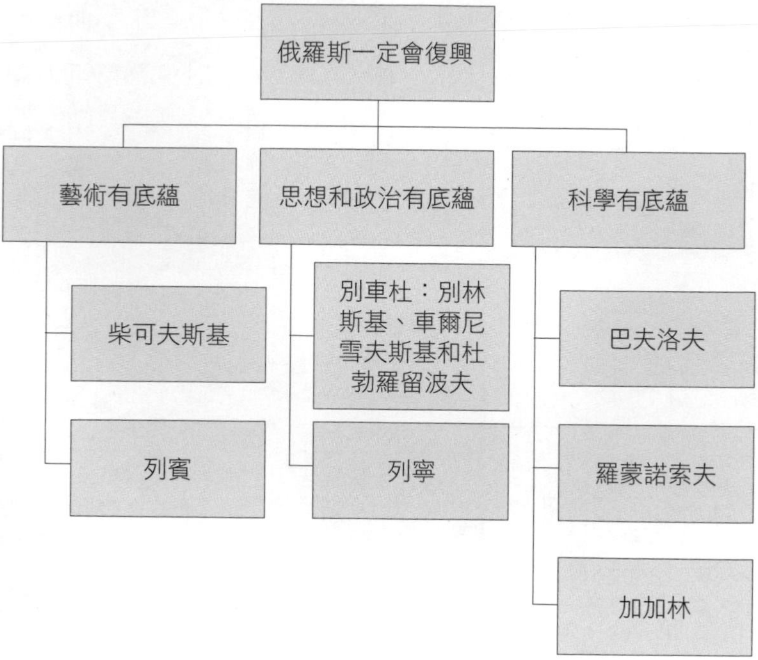

圖 4-4｜孔慶東的排比句的結構分析

方面的代表人物列了出來，這個排比句就應運而生了。

我相信產生過柴可夫斯基的旋律和列賓的色彩，產生過別車杜的雄文和列寧的宏圖，產生過門得列夫、巴夫洛夫、羅蒙諾索夫和加加林的這個國家，一定會度過不得不燒掉鋼琴來取暖的寒冬，從春天迸裂的冰層裡，探出它北極熊般偉岸的身軀。

由此可見，排比句的訓練，可以藉由思考「一個事物的三個面向」來做練習。

我們現在就一起來練習寫排比句：說出一道美食（如排骨麵）出色的三個面向（圖4-5）。

寫成排比句就是：

這碗麵不只融合豬骨奶白濃郁的湯頭、酥爛入味的排骨、嚼勁順滑的麵條，還蘊藏多年的技藝和熱愛。

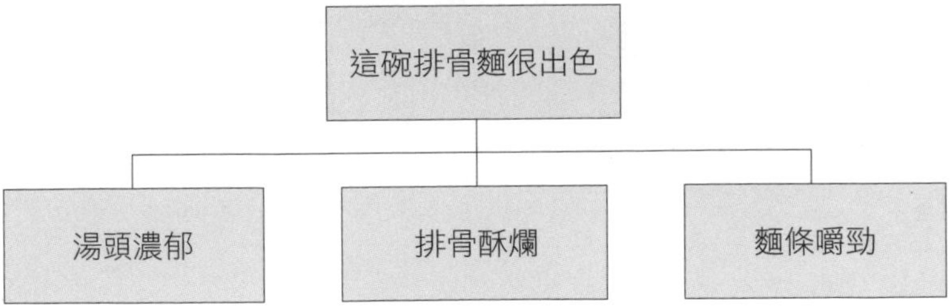

圖 4-5｜關於「一碗排骨麵」的排比句的結構分析

所以，不論是簡單的一碗麵還是俄羅斯的精神，抑或是悲觀情緒的心理理論，都可以列出其三個面向，形成一個絕妙的排比句。

4.2.4 修辭的遊戲與修辭的皮亞傑建構

從上面的例子我們可以看出，修辭並不只是文法，它還是一個遊戲。可以用遊戲的方式增加文字的畫面感和層次感，並在文采飛揚的同時提高適讀性。

我們上面提供了玩轉三種跨語言的修辭方法（譬喻、擬人、排比）的遊戲，在這裡我們把這幾個遊戲再總結一下。

譬喻是一種屬性或者關係關聯的遊戲：用喻體之間的關係來描述本體的屬性，或者本體之間的關係。

擬人是一種為非人的事物編臺詞的遊戲：如桌子、椅子、水杯、電腦都編一段臺詞，揣摩它們的心理。

排比是一種找出事物的三個面向的遊戲：任何一個問題，能不能從三個角度論述？把這三個角度排在一起，就是一個排比句。

我們把這幾個遊戲總結在圖4-6中。

在第2章裡，我們講述了寫作的皮亞傑建構。其實修辭也可以用這樣的建構方法，一步步構造。

當我們不知道如何寫譬喻句的時候，可以先尋找我們想譬喻的東西的屬性或者關係，做這種找屬性或者找關係的遊戲。

當我們不知道如何寫擬人句的時候，可以先做給物體和動物編臺詞或者內心獨白的遊戲。

當我們不知道怎麼寫排比句的時候，可以先做「想一件事情的三個面向」的遊戲。

玩完這幾個遊戲，就可以把這些遊戲的結果建構成基本的修辭。

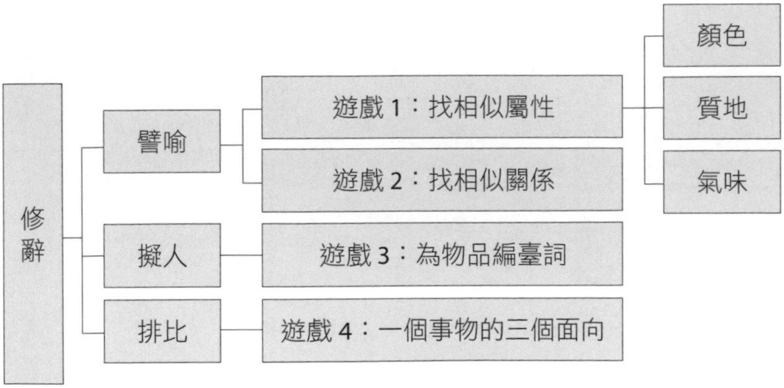

圖 4-6｜修辭的遊戲

本章總結

在本章，我們先講了大腦是慵懶的，是不願意仔細琢磨的（除非有必須琢磨的原因），所以我們要注重文章的適讀性。

不論是中文還是英文，都有公式可以計算文章的適讀性。這些公式大致由以下這些部分組成：

視覺上的複雜度（詞的長度或者字的筆畫）、詞的生僻度，以及句子的長短與複雜度。

適讀性強並不意味著文學性就差，有很多文章，適讀性很強，文學性也很高。如果一味追求文學性，而適讀性很差，文章就會有「賣弄文字」的嫌疑。

同時，我們也講到，修辭的作用是幫助大腦理解。借助具體的事物抓住屬性和關係的本質，是譬喻的方法；將人類的情感投射到其他物品上，是擬人的方法；抓住一個事情的三個面向，是排比的方法。

像這樣運用修辭方法，不僅能夠提升文章的文學性，也能夠提高適讀性。

5

大腦的品味

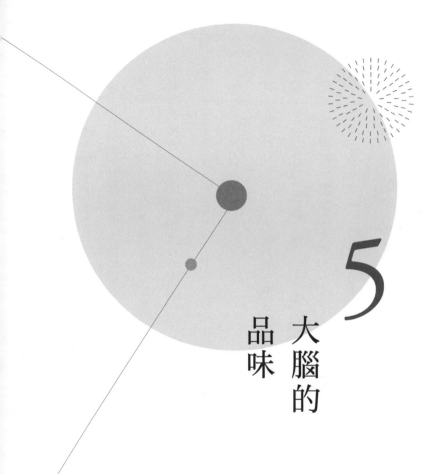

就像絕大多數人生來喜歡吃甜食、油炸食品一樣，大腦也有自己的「品味」。可能有些人會說：每個人的品味並不一定一樣啊，有些人就是喜歡吃苦瓜，有些人就是喜歡喝豆漿。沒錯！只是這些差異是後天培養出來的品味。

雖然我們承認人後天的品味確實隨著不同的文化、不同的國家有所區別，但是人類的味覺和嗅覺是有很多共同點的：有很多食物，世界上所有的人都覺得很好吃，也有很多味道，世界上所有的人都不喜歡。

人腦對於故事的品味，與人類對於食物的品味是類似的。也就是說，我們因為後天的文化、個人的習性和教養的不同，對不同的故事有可能有不同的品味。但是，確實有一些故事是所有人類都會喜歡的，也是會流傳千年的。那麼，我們作為優秀的寫作者，就應該去尋找這些人類共通的品味。

那麼，這些共通的品味來自哪裡呢？當然來自我們大腦的先天設置。我們的大腦自然地會有一些生理設置（以神經傳導物質或者生理結構的形式），來幫助我們理解「代入感」、「羡慕」、「愛情」。所以自然地，當我們聽到或者讀到這樣的故事，我們大腦的相應生理機制就會被激發。我們把這些生理機制叫作「模組」。在第3章中，我們已經簡單地整體敘述這些生理機制在故事的「起─承─轉─合」中的作用。在第5章，我們將一一說明機制中的模組，把人類喜歡的故事的整體「版圖」確定一下。

5.1 腎上腺素：給我站起來，戰鬥或逃跑

腎上腺素是人類生存最依賴的激素之一，也是「交感神經系統」最核心的激素，它傳導交感神經系統的一切反應。那麼可能有人會問什麼叫「交感神經系統的反應」？其實這個名詞說複雜也複雜，我可以給你背一整頁神經生物學的說明。但是說它簡單，其實也簡單，我可以用一句話告訴你：「就是站起來的意思。」

其實我們在神經生物學的科普書上經常看見「戰鬥或逃跑」（fight-or-flight），這就是「站起來」的意思[39]。那麼一個野外的小動物會因為什麼站起來呢？一般來說有幾種情況：第一，有天敵來了；第二，有競爭配偶或者搶食物的競爭者來了；

第三，有漂亮的異性來了。

這個時候，腎上腺素就分泌出來了，它會告訴你：「該起來幹活了。」

也有學者根據反應程度對人類的情緒進行分類，做成了人類情緒的環狀模型（圖5-1）[40]。

人類情緒的環狀模型是什麼意思呢？就是對於人類的情緒，我們大致可以從兩個軸進行分類：一

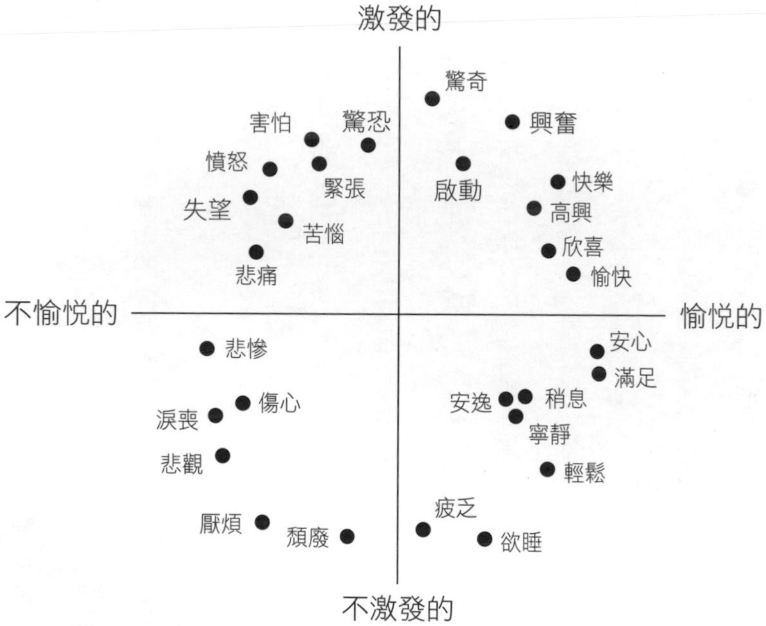

圖 5-1｜人類情緒的環狀模型

個是激發程度的高低，一個是愉悅還是不愉悅。激發程度的高低，就跟腎上腺素有關。

基於這樣的兩個軸，就可以把人類的情緒分成四個象限。第一象限是高度激發又積極的，比如驚奇、興奮、快樂等；第二象限是低度激發又積極的，比如寧靜、滿足、安心等；第三象限是低度激發且消極的，比如悲慘、沮喪、悲觀、頹廢等；最後一個象限是高度激發且消極的，比如憤怒、緊張、驚恐等。

能量高的人就是總是處在上述模型中高度激發區域的人。與此對應，能量低的人總是處在低度激發區域。這就是為什麼能量很高的人即便情緒很差也不會抑鬱，而且往往以憤怒發洩負能量；而能量很低的人在情緒很差的時候就表現為抑鬱、頹廢，而不是憤怒這種高度激發的情緒。這些都跟情緒模型的激發程度有關，而情緒模型的啟動激發程度又跟腎上腺素的激發程度有關，也就是跟這個人「戰鬥或逃跑」的程度有關。

所以你可以認為腎上腺素代表著我們人類情感的一種「生物能量」，「生物能量」是一個故事吸引人讀下去的基礎：如果你的故事不能讓人「戰鬥或逃跑」，就會令人昏昏欲睡。

當然，我必須強調，任何規律都是有特例的，有一些文字大師會寫出溫柔如水的文字，即使沒有太激動的部分，也會吸引人讀下去，但是那樣需要有對文筆和人性的高級操控，並不是新手能做到的事情。

文字上的新手必須先學會寫「爽文」，也就是「高度激發」的文章，也就是「戰鬥或逃跑」的文章。

那麼如何打造一篇讓人「腎上腺素激增」的「爽文」呢？我們把它也拆解成幾個步驟，如圖5-2所示。

第一步：製造緊張的氛圍。這種緊張可以是來自聲音的，可以是來自圖像的，也可以是來自氣味的。但是有一點

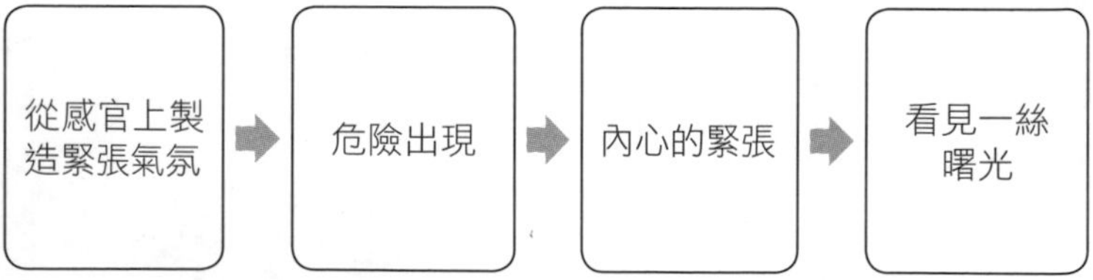

圖 5-2｜製造讓腎上腺素激增的故事的步驟

很重要，那就是一定要是「感官」的，**愈感官愈緊張**。

下面我們舉兩個例子，一個是「做飯廚房著火」，一個是「明天要交作業」。

例子一：

爐子啪啪啪地響著，彷彿在醞釀一個大的爆炸【聽覺】。鍋子已經燒焦了，鍋底是黑色的碳焦，一股股濃煙往外噴【視覺】。我拚命地咳嗽，眼睛已經被濃煙嗆出了眼淚【感覺】。

例子二：

天已經黑了【視覺】，桌子上的時鐘滴答滴答地響著【聽覺】，鄰居家的歡聲笑語和飯菜香味傳了過來【聽覺和嗅覺】，我盯著一張白紙，還是毫無頭緒。

第二步：當感官的氛圍已經充足時，一定要**讓最恐怖的危險出現**，危險就像老虎，必須踩著草叢出來。這樣你的讀者馬上就站起來了。我們還是以上面的兩個例子為藍本來寫。

例子一：

這時候，煙霧警報器響了起來。我聞到瓦斯洩漏的味道。我大腦「轟」的一下，我好怕突然爆炸，趕緊衝出廚房大叫：「不好了，快出門！」

例子二：

就在我摸著咕咕叫的肚子悶思苦想的時候，突然間，停電了！「完蛋了。」我想。我不僅沒有思路，連蠟燭都沒有。

第三步：著重描寫一下人物內心的緊張和最壞的可能情況。這樣就能把氛圍調動到最足。

下面我們還是續寫上面的兩個例子。

例子一：

我緊張得出了一身冷汗，萬一瓦斯在我與全家人逃生之前爆炸就完了。我一邊給孩子捂住口鼻，一邊顫抖著往外衝。

例子二：

我摸索著找到了手機，打開手電筒，手機只剩30％的電量，也撐不了多久。我已經能夠想像出來明天老師嚴厲的目光和嘴邊的冷笑了。

第四步：給出一個可能的解決方案，也就是希望，因為讀者的大腦需要這個。我們在危險的時候需要一道「曙光」，這樣才能戰勝一切。

我們還是以上面的兩個例子來解析。

例子一：

這個時候，我突然想起來：我趁週年慶時買了乾粉滅火器！

雖然買來之後從沒用過，但是此時也只能賭一把了，不能這樣就把我辛苦經營的家燒光了。

例子二：

昏暗之間，我突然看見架子上的一本書——《國富論》。雖然跟我的作業關係不大，但是我想起來，它是以工廠製針的例子做開頭。如果我也把一件小事作為報告的開頭，是否能跟老師交差呢？

這四個步驟就可以完全調動讀者的腎上腺素，激發他們內心的「危險」能量。下面我們把兩個例子的段落合起來，大家就可以看到效果了。

例子一：做飯廚房著火

爐子啪啪啪地響著，彷彿在醞釀一個大的爆炸。鍋子已經燒焦了，鍋底是黑色的碳焦，一股股濃煙往外噴。我拚命地咳嗽，眼睛已經被濃煙嗆出了眼淚。這時候，煙霧警報器響了起來。我聞到瓦斯洩漏的味道。我大腦「轟」的一下，我好怕突然爆炸，趕緊衝出廚房大叫：「不好了，快出門！」

我緊張得出了一身冷汗，萬一瓦斯在我與全家人逃生之前爆炸就完了。我一邊給孩子摀住口鼻，一邊顫抖著往外衝。

這個時候，我突然想起來：我趁週年慶時買了乾粉滅火器！雖然買來之後從沒用過，但是此時也只能賭一把了，不能這樣就把我辛苦經營的家燒光了。

例子二：明天要交作業

天已經黑了，桌子上的時鐘滴答滴答地響著，鄰居家的歡聲笑語和飯菜香味傳了過來，我盯著一張白紙，還是毫無頭緒。

就在我摸著咕咕叫的肚子悶思苦想的時候，突然間，停電了！「完蛋了。」我想。我不僅沒有思路，連蠟燭都沒有。

我摸索著找到了手機，打開手電筒，手機只剩30%的電量，也撐不了多久。我已經能夠想像出來明天老師嚴厲的目光和嘴邊的冷笑了。

昏暗之間，我突然看見架子上的一本書——《國富論》。雖然跟我的作業關係不大，但是我想起來，它是以工廠製針的例子做開頭。如果我也把一件小事作為報告的開頭，是否能跟老師交差呢？

不知道大家看完完整的段落，是不是有一絲絲緊張的感覺呢？當然，這並不是非常成功的段落，只是我個人透過分解人類的心理來完成的小習作。

從這兩個習作中，我們可以看到，這種製造緊張的技巧，既可以從生理的危險（著火）著手，也可以從心理的危險（要交作業）著手。

一篇精彩的作文需要製造某種危險，來喚醒讀者。這就是讓讀者「站起來」的祕訣。我希望大家也可以運用這四部曲，來練習寫一個製造危險的段落。

5.2 鏡像神經元：代入感的重要性

在第2章，我們簡單提到了「鏡像神經元」。在這一節裡，我們會深入詳細地解析鏡像神經元與「體現認知」。

鏡像神經元就是一個「照他人」的鏡子，當別人說話時、當別人打球時、當別人做實驗時，你大腦裡的鏡像神經元就開始模仿對方了，彷彿在做動作的人是你一樣[41]。

鏡像神經元的這個操作是非常系統化的，因此有很多心理學者稱之為體現認知[42]（embodied cognition）。體現認知的意思是，當你有某方面經驗的時候，你的大腦就會自動代入這個經歷，不論這個經歷是你自己的，還是別人的。比如你彈過鋼琴，那麼當你自己或者別人彈鋼琴的時候，甚至你在大腦裡排練彈鋼琴的時候，你的大腦中負責彈琴的部分（即大腦掌管手指的區域）就會被啟動。如果你是一個舞者，那麼當你自己跳舞或者看別人跳舞時，甚至是你在腦海裡排練跳舞的時候，你的大腦中負責跳舞的部分（即大腦掌管肢體的部分）也會被啟動。

所以，為什麼很多人喜歡看電視劇中的吻戲呢？就是因為在看吻戲的時候，自己大腦中掌管愛情的區域也會被啟動。

２０１７年，我和我的博士指導教授，以及一些科學家發表過一篇論文，這篇論文指出，體現認知已經進入了語言層面和細胞層面[43]。動詞也會啟動一些運動皮層，或者大腦頂葉的神經元。下面的圖5-3來自我的論文，其中的每一幅圖片都是一個神經元的反應，它們的反應是對一個動詞（如put、remove等）的反應。也就是說，大腦的運動皮層不只對別人的動作有反應，甚至對動詞也有反應：**聽見了某**

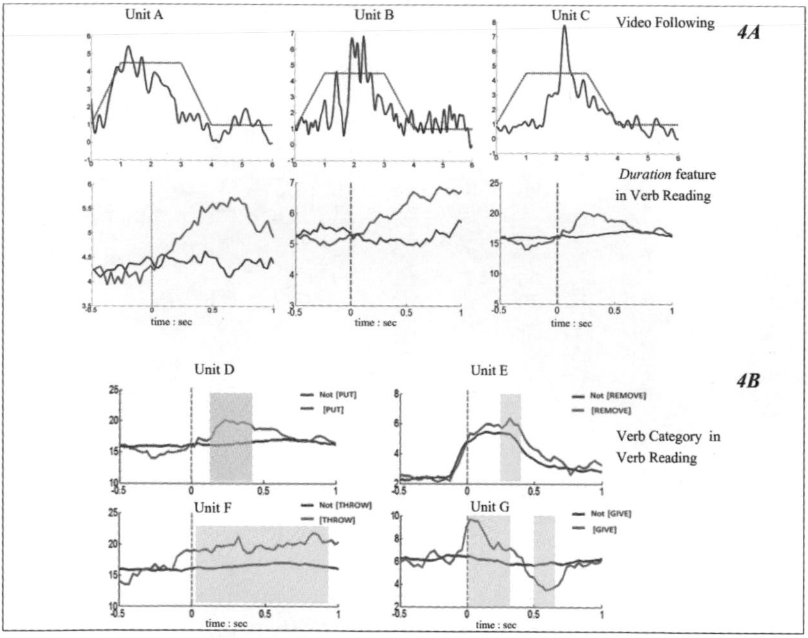

圖 5-3｜不同的神經元回應不同類型的動詞

個動詞，自己也往往會在大腦裡作出相應動作。

所以，我們在寫作的過程中，必須激發「代入感」，也就是激發對方的鏡像神經元，讓他們如同身臨其境：感受你的感受，甚至能想像出你的動作、你眼前的畫面、你的情緒，這樣你的故事就會非常吸引人。

那麼，怎麼才能調動神經元呢？這就關係到你要講述的故事的「核心體驗」了。核心體驗（essential experience）這個概念，我是從傑西・謝爾（Jesse Schell）的《遊戲設計的藝術：架構世界、開發介面、創造體驗，聚焦遊戲設計與製作的手法與原理》（The Art of Game Design: A Book of Lenses, Third Edition）這本書中讀到的，就是你要抓住「在經歷一件事的過程中，哪些體驗是必不可少的」。

傑西舉了一個打雪仗的例子。打雪仗有哪些核心體驗呢？

下大雪了，不用上學啦！雪在臉上是冷冰冰的。

我們用雪做了一個碉堡，要猛攻對方。

佛萊德滾了一個大雪球，我一抬頭看，它直接擊中我的腦袋。

我不停地笑，我要滾一個更大的雪球給他砸回去。他把雪往我的脖子裡塞。

我一邊躲，一邊做雪球把他塞回去。

上面這些就是打雪仗的核心體驗：不用上學、快樂、冷冰冰的體感、建構防守攻勢的快樂、被擊中的一刻、「復仇」的快感，以及滾雪球、把雪球塞回去等。

這些核心體驗才會讓人代入打雪仗的場景。而一些非核心體驗，比如「一個路人盯著我們看」、「旁邊走過一個人，穿著條絨褲子」這些就不會讓人代入。

有些朋友可能會問：「並不是所有的體驗都像打雪仗這麼具體啊，那些抽象的感覺就不好抓住核心體驗。那些抽象的體驗該怎麼解釋呢？」其實很簡單，抽象的感覺可以用具體的事情來製造核心體驗的那種感覺。我以前寫過一篇文章，叫〈成功的感覺〉，這篇文章就是用衝浪這個具體的故事，來描述「抓住時機」的那種感受。

我想跟大家討論一下「成功的感覺」這個比較抽象的話題。有一年，我在夏威夷度假，很想學衝浪。但是學了一整個下午，怎麼也站不到海浪上，喝了很多海水，又渴又餓又累，真想回家了。

後來有個當地的老爺爺，可能是看我太可憐了，就走過來跟我說：「妳看見遠處有個燈塔嗎？妳等浪到那個燈塔，就在心裡喊1、2、3，喊到3就使勁往上跳，妳就能跳到浪上。」

然後我就看見一道浪，過了燈塔，我就在心裡喊1、2、3。這時，爺爺大喊：「快跳！」我果然跳到浪上！然後我發現衝浪非常好玩，你在海浪上很平穩，就等著海浪把你慢慢衝到沙灘就可以了。

這個爺爺走了之後，我又衝上去兩次，雖然還是有被浪拍下來，但是也還能自己衝上去。而且我漸漸體會到，所謂的「燈塔教學法」，其實本質是「時機」。你跳到浪上的時機要對，否則就會被海浪拍下去。

但是這個爺爺教我如何衝浪的時候，並沒有給我講抽象的時機，而是透過一個具體的燈塔，讓它作為一個參考點，幫助我至少成功一次。等你至少成功一次，你就找到了「成功的感覺」，你也得到了「學習的感覺」。找對了感覺，你就能自己總結經驗。

這就是一個好的啟蒙老師的作用。

人世間很多的知識和技巧，並不是說多勤奮、多努力或死記硬背就可以。你必須做對一次，才能找到它的感覺。找到了感覺，成功了一次，你就能自己總結經驗。例如做一個創新的項目、學習騎自行車、識人、做研究，甚至投資等，你都需要成功一次，才能真正入門。如果你沒有成功一次，那麼每天學再多理論也沒有用。而好的啟蒙老師，必須想辦法，讓人迅速建構第一次成功經驗，讓他體驗到「站在浪上」的感覺，才能把他領進門。

有很多很多人，被擋在第一次成功經驗的這道大門之外。

其實這篇文章所講的感受是「好的老師要讓人迅速建構成功的感覺」，這是一個很複雜很抽象的感受，但是我把衝浪這個具體的核心體驗與建構成功感覺的核心體驗對應起來了。

因此，建構了代入感，讀者的鏡像神經元就會回應，而引發它們回應的根源，就是「核心體驗」。

這就需要你時時刻刻地聆聽自己內心的聲音了。

「我為什麼喜歡打雪仗？到底哪裡讓我高興了？」

「我為什麼看這個電影覺得悲傷？到底是哪個地方悲傷了？」

「這個鬆餅為什麼好吃？到底哪裡好吃？」

中國的古人，是抓住核心體驗的大師。在古典文學中，有許多單就一個詞、一句詩就能抓住核心體驗的例子。

「秋風掃落葉」這個成語就很妙：秋天的核心體驗，就是滿地的落葉被颳起來隨風飄舞的那一瞬間。

「接天蓮葉無窮碧，映日荷花別樣紅」這句詩也很妙。這就是西湖六月的核心體驗：無窮的荷葉、在陽光下耀眼的荷花。

再比如「竹外桃花三兩枝，春江水暖鴨先知」，這句詩一讀起來，就有春天的氣息，因為桃花含苞欲放和鴨子開始游動就是春天的核心體驗。

如果能抓住核心體驗，你就能夠調動讀者的鏡像神經元，讓他們彷彿置身於你所訴說建構的世界裡。

文字不是電影，不是VR（虛擬實境），不是3D建模，它不能展示一個世界的所有細節。就像古人寫詩一樣，只用幾個字，就能讓你彷彿站在他的身邊，但是這其實並不是靠細節，而是靠抓住核心體驗。

把核心體驗描述得繪聲繪色，你描述的世界就栩栩如生。

5.3 GABA：頓悟與哲理是大腦喜歡的故事高潮寫法

方法可能有百萬種，但原理只有幾種。掌握原理的人總能成功找到屬於自己的方法。總嘗試不同方法、忽視原理的人肯定會有麻煩。——拉爾夫・沃爾多・愛默生

愛默生這句話道出人類思考的本質，人類都是追求那種苦思冥想或歷盡災難之後的「頓悟」。

俞敏洪說的「在絕望中尋找希望，人生必將輝煌」也是這個意思，每個人都追求一個「解決方案」。就像做數學題，「想了兩個小時終於想明白」的成就感，是非常吸引人的。這就是「山重水複疑無路，柳暗花明又一村」的感覺。

製造「柳暗花明」，就要想明白，每個故事必須有一個哲理，必須在結尾昇華，否則就像吃牛肉麵沒加香菜，吃煎餅沒有薄脆，吃火燒（中國北方地區的傳統小吃）沒有芝麻一樣，總覺得少點什麼。這就是你生理上的 GABA 在起作用。

GABA 一般指 γ- 胺基丁酸，它是一種跟學習有關的神經傳導物質。在故事的高潮，我們要給鬥爭一個「解決方案」，這個「解決方案」要透過主角的頓悟表現出來。沒有解決方案的故事，會讓人感覺「虎頭蛇尾」，並不過癮。

那麼如何產生哲理的頓悟呢？我覺得這也是一個日積月累的過程，需要我們經常做一個思考遊戲：這個故事告訴了我們什麼。

每遇見一個小故事，就思索「這個故事告訴我們什麼」。有一些寓言故事會幫你點出來這一點，而有一些沒有點出來。

每讀一篇文章，或者每寫一篇文章，就思索這個故事的意義，並且在最後把意義點出來，讓讀者明白。這種「恍然大悟」就會引起很多讀者的共鳴。

我用我的一篇文章來為大家舉例說明，主題是「不忘初心」。大家注意最後一句話，它就點出了全篇的哲理。

我絮叨一句自己的感想：人要不忘初心，是很難的。

包括所有人，包括我自己，包括那些你覺得了不起的大老闆，很多時候，得不停提醒自己這一點，否則就會被情勢帶著往前走，走到最後，就忘了自己想做的是什麼。

我給你們舉個例子。比如有些企業家，剛開始是想做一些公益，但是在做公益的過程中，發現還可以行銷品牌。加上一群「狗頭軍師」的建議：「既然我們都做公益了，要不就使勁行銷一番？」老闆被說得動心了。這就是順應情勢忘了初心。

你說你拿這事兒行銷，當地人不煩嘛？老拉著孩子們拍照卻是為了自家產品做行銷，你本來是作為一個有社會責任感的企業家，為社會做點事情的，結果最後人家還煩了你，得不償失。

再舉個例子，現在的「網紅」，許多人初心是很好的，不是為了賺錢，而是為了在網路上分享科普知識、教英語、法律知識等。

這都很好。

但是你一旦「紅」了，就有 MCN⑥找上門來，給你畫大餅，聲稱能投資多少多少，當你的經紀人。當你成了公司的人形立牌後，目標變成了「把流量做大」。短期內，你是能賺不少錢。但是，資本運作都是殺雞取卵式的，而且是捆綁式的。當你想起「我一開始不是想做這個的，我只是想做個獨立的小評論人」，那就晚了。

再舉個例子，有些人做實業，本來公司很好，業績不錯，利潤也健康，每年給國家繳稅很多，當地政府都說你是明星企業。結果，你被金融機構看上了，他們唬弄你可以把事業做多大多大。然後你各種貸款、各種操作、各種窟窿，就把企業掏

⑥ Multi-Channel Network 的縮寫，意思是「多頻道聯播網」。在這裡指代 MCN 機構，即資訊資源仲介性質的一種組織。

空了。

為什麼古人說「打江山容易，守江山難」？因為江山不在你手裡的時候，江山就是你的目標；江山在你手裡的時候，你是別人的目標。

最後這句話點出了全篇的哲理：「江山不在你手裡的時候，江山就是你的目標。江山在你手裡的時候，你是別人的目標。」

當然，這裡所謂的「江山」不是真的江山，而是指「事業的成功」。全篇在論述「為什麼人要不忘初心」：當你成功了，很多人就要用你獲得利益，就會拉你下水。而你避免忘記初心的唯一方法，就是堅守自己內心的陣地。最後一句話點明了全篇要說的哲理。

我有許多讀者之所以很喜歡這篇文章，就是因為最後的這句話讓他們的 GABA 舒服了，他們覺得學到了真的知識。

5.4 多巴胺：給我的大腦「發糖」

多巴胺是人類大腦的獎賞回路，也是人類最終的「成癮回路」。多巴胺啟動的是鴉片受器（類似嗎啡），因此獎賞的感覺本質上就是一種成癮的感覺。

多巴胺的存在，使得熱戀中的人像是精神暫時失常。熱戀會啟動「多巴胺獎賞系統」，因此少年們失戀，就像成癮後被拿走毒品時的戒斷反應一樣難受，走不出來。無論怎麼說道理、激勵都沒用，只有等熬過這段精神失常，回過神來才行。

我們看一個優秀的作品（不論是影視作品還是文學作品）也是一樣，我們在看完之後還會覺得「意猶未盡」，甚至覺得不看很空虛。這就是多巴胺的「戒斷反應」，是那種「失去」帶來的難受。

那麼，如何創造這種「失去愛情一般的難受」呢？其實很簡單，要在情節上創造小的「閉環」。

也就是說，一開始不要埋太多的「坑」或者布太大的局。讓讀者讀一段就有一個小高潮，就有一個令人激動的情節，就明白一個道理。這樣讀者的大腦就會有一種高潮迭起的感覺，這就是多巴胺在起作用。

這個方法在脫口秀中，或者傳統的相聲中是最典型的。大家可以去參考脫口秀和傳統相聲，在最後會有一個大包袱，但是中間可以抖落一些小包袱。

比如陳佩斯和朱時茂曾經演過一個小品《吃麵條》。兩個人因為一碗麵條互動很多次，並且來回搶胡椒麵等。這些連續「出擊」的小的笑點，不斷觸動著大家的多巴胺。

當然，觸動多巴胺也不一定需要笑點。「爽點」也可以。比如，中國電視節目《國家寶藏》有一集朗誦了〈如果沒有李白〉，全文如下。

如果沒有李白，似乎沒有什麼太大的影響

不過千年前少了一個文學家，《全唐詩》會變薄一點點，但程度相當有限

如果沒有李白，幾乎所有唐代大詩人的地位都會提升一檔

李商隱不用再叫小李，王昌齡會是唐代絕句首席，杜甫會成為最偉大的詩人，沒有之一

如果沒有李白，我們應該會少背很多唐詩，少用很多成語

說童年，沒有「青梅竹馬」

說愛情，沒有「刻骨銘心」

說享受，沒有「天倫之樂」

說豪氣，沒有「一擲千金」

浮生若夢，揚眉吐氣，仙風道骨，這些詞都不存在

蚍蜉撼樹，妙筆生花，驚天動地，也都不見了蹤跡

如果沒有李白，我們的生活應該會失去不少鼓勵

犯了難，說不了「長風破浪會有時」

想辭職，說不了「我輩豈是蓬蒿人」

處逆境，說不了「天生我材必有用」

賠了錢，說不了「千金散盡還復來」

更不要說

「大鵬一日同風起，扶搖直上九萬里」

「安能摧眉折腰事權貴，使我不得開心顏」

如果沒有李白，我們熟知的神州大地也會模糊起來

我們不再知道黃河之水哪裡來，廬山瀑布有多高

燕山雪花有多大，桃花潭水有多深，蜀道究竟有多難

白帝城、黃鶴樓、洞庭湖的名氣都要略降一格

黃山、天臺山、峨眉山的風景也會失色幾許

如果沒有李白，歷朝歷代的文豪詞帝，也會少了很多名句

沒有「舉杯邀明月」，蘇東坡未必會有「把酒問青天」

沒有「請君試問東流水」，李後主不會讓「一江春水向東流」

沒有「事了拂衣去，深藏身與名」，金庸的武俠江湖，將會天缺一角〈俠客行〉

千百年來蜀人以李白為蜀產，隴西人以為隴西產，山東人以為山東產

一個李白，生時無所容入；死後千百年，慕而爭者無數

是故，無處不是其生之地，無時不是其生之年

他是天上星，亦是地上英

亦是巴西人，亦是隴西人

亦是山東人，亦是會稽人

亦是潯陽人，亦是夜郎人

死之處亦榮，生之處亦榮

流之處亦榮，囚之處亦榮

不遊、不囚、不流、不到之處

讀其書，見其人，亦榮亦榮

幸甚至哉，我們的歷史有一個李白

幸甚至哉，我們的心中有一個李白

你是謫仙人，你是明月魂

這首詩就處處都埋了爽點，它借用李白的詩句、李白的典故、李白的人生，在每一段都製造一個小的高潮。這樣處理，就會讓人感到酣暢淋漓。

所以多巴胺回路實際上是給大腦「發糖」。你在寫文章的過程中，千萬別忘了給大腦發糖，要每幾段就抖一個包袱，並且提前規畫一下把包袱抖在哪裡，怎麼抖。

你也可以用我們在第 3 章談到的電影導演大衛・林區的寫作方法：平時把有趣的事情寫在卡片上，到了寫文章的時候，就把這些卡片拿出來編排，看看哪些可以當包袱使用。這樣你就可以提前規畫自己文章中的包袱。

5.5 親情、友情、愛情：終極的神經元雞尾酒

人類的大腦有很多神經傳導物質是專門服務於感情的。最重要的一個就是「催產素」（oxytocin）。雖然這個激素聽上去跟生孩子有關，但實際上男性和女性的大

腦都有，不生孩子的人也會產生催產素。

它會幫助我們的大腦產生以下的行為：信任、注視、共鳴、正向關係的記憶、忠誠、正向的溝通、處理「結合」的資訊。

這些信號，不僅在愛情中是普遍存在的，在親情和友情中也是普遍存在的。我們在寫故事的過程中也是需要夾雜這樣的感情的。

沒有感情的故事，是沒有代入感的，不會讓人驚心動魄，也不會讓人流淚。那麼如何讓人產生代入感，能夠理解你筆下的感情呢？

我總結以下幾個步驟：刻畫人的言行舉止、人的典型事蹟、人的最真實的犧牲、人的最真實的渴望，你對這個人的情感。請看圖5-4。

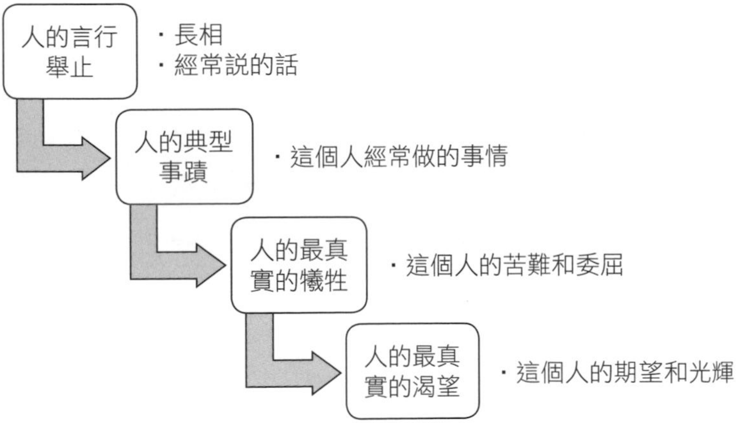

圖 5-4｜激發人內心情感的寫作步驟

這個步驟是最容易激發人內心的情感的，因為人的長相、話語、事蹟和真實的犧牲與渴望，就是組成人情感的基本元素。

下面這段話來自朱自清的〈背影〉，裡面就含有這四個元素。

我說道，「爸爸，你走吧。」他往車外看了看，說：「我買幾個橘子去。你就在此地，不要走動。」【語言】我看那邊月臺的柵欄外有幾個賣東西的等著顧客。走到那邊月臺，須穿過鐵道，須跳下去又爬上去。父親是一個胖子，走過去自然要費事些。我本來要去的，他不肯，只好讓他去。我看見他戴著黑布小帽，穿著黑布大馬褂，深青布棉袍，蹣跚地走到鐵道邊，慢慢探身下去，尚不大難。可是他穿過鐵道，要爬上那邊月臺，就不容易了。他用兩手攀著上面，兩腳再向上縮；他肥胖的身子向左微傾，顯出努力的樣子。這時我看見他的背影，我的淚很快地流下來了【長相神態】。我趕緊拭乾了淚。怕他看見，也怕別人看見。我再向外看時，他已抱了朱紅的橘子往回走了。過鐵道時，他先將橘子散放在地上，自己慢慢爬下，再抱起橘子走。到這邊時，我趕緊去攙他。他和我走到車上，將橘子一股腦兒放在我的皮大衣上。於是撲撲衣上的泥土，心裡很輕鬆似的。過一會兒說：「我走了，到那邊來信！」我望著他走出去。他走了幾步，回頭看見我，說，「進去吧，裡邊沒人。」等他的背影混入來來往往的人裡，再找不著了，我便進來坐下，我的眼淚又來了。

近幾年來，父親和我都是東奔西走，家中光景是一日不如一日。他少年出外謀生，獨力支持，做了許多大事。哪知老境卻如此頹唐！他觸目傷懷，自然情不能自已【真實的犧牲】。情鬱於中，自然要發之於外；家庭瑣屑便往往觸他之怒。他待我漸漸不同往日。但最近兩年不見，他終於忘卻我的不好，只是惦記著我，惦記著我的兒子。我北來後，他寫了一信給我，信中說道：「我身體平安，惟膀子疼痛厲害，舉箸提筆，諸多不便，大約大去之期不遠矣。」【真實的渴望】

朱自清這篇〈背影〉曾經引得無數人動容，其實就是掌握了這個「公式」。父親的話語、長相、背影後，是父親真實的犧牲（為家庭勞碌）和真實的渴望（在去世之前再見到兒子）。這樣，感情的描寫就飽滿了，就能引出別人的深刻共鳴。

希望你也可以帶著這樣的筆觸去思考。

本章總結

在本章，我們分析了大腦對於情節的反應所需要的幾個重要模組。

1. 腎上腺素：讓人站起來
2. 鏡像神經元：代入感的製造
3. GABA：故事的哲理與高潮
4. 多巴胺：劇情的爽點
5. 催產素：終極感情雞尾酒

在每一個模組中，我們都教了大家打造理想段落的方法。但是，明白這些方法，只是開始。我們需要不停地用這些模組練習，才能打造出讀者喜歡看、想繼續追的故事。

6

平滑得像奶油一樣：連貫與流暢的祕訣

在前幾章，我們講述了許多寫故事的技巧：什麼樣的故事能讓大腦「嗨」起來，而第6章，我們要從故事的技巧，轉回到「文字的技巧」。為什麼要轉回到文字的技巧呢？因為，只有文字流暢了，才能駕馭好跌宕起伏的劇情。

如果你的文字不夠流暢，不夠平滑，那麼所有的跌宕起伏就顯得不那麼自然，讀起來的感受就像是坐在一輛顛簸的公車上，感覺上躥下跳。

舉個例子，你們看過那種「咆哮體」或者「釣魚式標題」的自媒體文章嗎？用一堆驚嘆號，來帶出一個聳人聽聞的故事。

當然，這樣的故事，「雞血」和「腎上腺素」給的夠足，但是文字掌控力不夠，就會給人一種「地攤文學」的感覺。擺脫地攤文學的定位，就需要你有足夠強的文字能力。

有的讀者就要問了：「那你說如何駕馭跌宕起伏的劇情呢？」那就要靠「平滑」和「連貫」。任何東西，只要平滑，就有大師的感覺。老外有一句話叫「平滑得像奶油一樣」，就是形容大師彈奏樂器或者駕駛、寫文章，就像用刀切開熱的奶油一樣，沒有很強的「一刀切在石頭上」的顛撲感。

那麼，如何像奶油一樣平滑呢？在這一章，我們就來講講「酣暢淋漓」的技巧。

6.1 大腦處理句法的習慣：弧形結構

大腦喜歡什麼樣的文字呢？弧形結構（或者說「閉環的」）也就是說，我們寫的每一件事情，凡是開頭，必有結尾。就像前文說的，如果沒有「結尾」，你大腦裡的 GABA 就不會舒服。

那麼，如何讓你大腦裡的 GABA 得到極致的舒服呢？這就需要完全的弧形結構，如

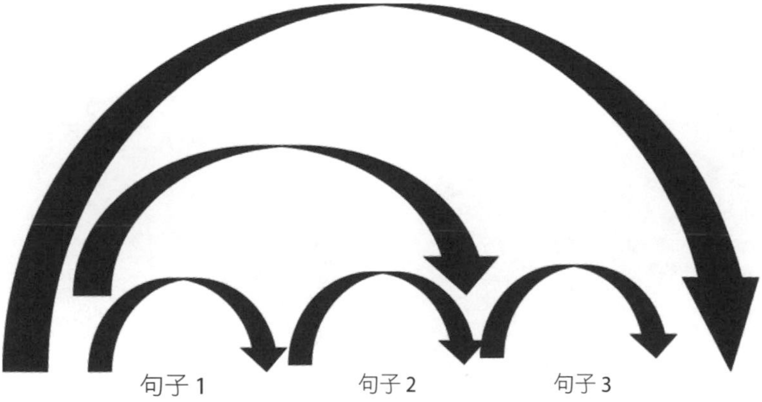

圖 6-1｜弧形結構的示意圖

圖6-1所示。

簡單地說，就是每一句話都要前後呼應，句子之間也要呼應，整個段落也要呼應。所有的「因」，都要有「果」；所有的「開頭」，都要有「結尾」；所有的段落，都要有呼應。

這就是最令人舒服的弧形結構。在學校裡，老師是非常希望教會孩子這種「前後呼應」的弧形結構的，所以老師會發明很多方法，比如讓孩子們學習關聯詞、連接詞，或者「首先」、「其次」、「再者」這樣的順序詞。

所以，很多孩子學會了弧形結構的「形」，那就是多用關聯詞，多用連接詞，多用「第一、第二、第三」這樣的順序詞。

但是，學會「形」，不等於學會了「神」：流暢的本質，不是讓你用多少關聯詞或者連接詞。關聯詞和連接詞其實像是「膠水」一樣，能夠黏合起來，但是會讓文章失去一些渾然天成的感覺。

就像我們做手工，水準很高的人是不用膠水的或者極少用膠水。他們會用奇思妙想和各種精巧的結構，使得作品顯得渾然天成。同樣，能夠掌握弧形結構的大師，是很少用關聯詞的。關聯詞太多會給人一種「膠水感」：就像是小學生做手工，用膠水強行把一切黏在一起。

那麼，如何做到渾然天成般的連貫呢？我們先看一個弧形結構的範例。這段文字來自朱自清的名篇〈荷塘月色〉。

> 曲曲折折的荷塘上面，彌望的是田田的葉子【1】。葉子出水很高，像亭亭的舞女的裙【2】。層層的葉子中間，零星地點綴著些白花，有嫋娜開著的，有羞澀地打著朵兒的；正如一粒粒的明珠，又如碧天裡的星星，又如剛出浴的美人【3】。微風過處，送來縷縷清香，彷彿遠處高樓上渺茫的歌聲似的【4】。這時候葉子與花也有一絲的顫動，像閃電般，霎時傳過荷塘的那邊去了【5】。葉子本是肩並肩密密地挨著，這便宛然有了一道凝碧的波痕【6】。葉子底下是脈脈的流水，遮住了，不能見一些顏色；而葉子卻更見風致了【7】。
>
> 月光如流水一般，靜靜地瀉在這一片葉子和花上【8】。薄薄的青霧浮起在荷

塘裡【9】。葉子和花彷彿在牛乳中洗過一樣；又像籠著輕紗的夢【10】。雖然是滿月，天上卻有一層淡淡的雲，所以不能朗照；但我以為這恰是到了好處——酣眠固不可少，小睡也別有風味的。月光是隔了樹照過來的，高處叢生的灌木，落下參差的斑駁的黑影，峭楞楞如鬼一般；彎彎的楊柳的稀疏的倩影，卻又像是畫在荷葉上【11】。塘中的月色並不均勻；但光與影有著和諧的旋律，如梵婀玲上奏著的名曲【12】。

這篇文章的主題是「荷塘月色」，所以朱自清的這兩段文字只有四個主角：荷葉、荷花、月亮、荷塘（流水）。

我們來看看這篇文章中的句子的弧形結構。

【1】【2】葉子→【3】從葉子過渡到花→【4】花的香味→【5】葉子與花的互動→【6】說回葉子→【7】葉子與流水→【8】由流水說到月光、葉子和花→【9】荷塘→【10】葉子與花在月光中的樣子→【11】月光下的荷塘與荷葉→【12】月光下的荷塘的光影。

大家看，所有的句子，都渾然天成地連在一起，沒有用到任何像膠水一樣的關聯詞。

我覺得最絕妙的轉換，就是這兩個段落之間的銜接，就是句子【7】到句子【8】。也就是下一段的主角「月光」的喻體，是上一段的最後一個主角「流水」。上一段寫流水，下一段說「月光如流水」。用一個譬喻句就銜接起來了。然後說「靜靜地瀉在這一片葉子和花上」，把月光又輕輕引向了荷花和荷葉，呼應了主題「荷塘月色」。

朱自清用本體和喻體銜接了兩個段落。也就是說，下一段的主角，是上一段的主角的本體；上一段的主角，是下一段的主角的喻體。如此一個小小的譬喻，銜接了文章的很多元素，堪稱「妙手」。

當然，我們不是每個人都有朱自清的文字功力。那麼我們可以怎麼做呢？這裡我教給你一個小技巧：用上一句的賓語當下一句的主語。我為大家舉個例子。

我在路上看見了一個小女孩，她穿著一件黃色的雨衣，雨衣上面印著白色的雛菊。雛菊就像這個小女孩一樣，美麗又清新。

在這段文字中，每一個分句的賓語，都是下一分句的主語。

這就是你大腦裡的 GABA 喜歡的弧形結構帶來的流暢感。下面我們就針對這個弧形結構的銜接，好好解析和訓練一番。

6.2 弧形結構實戰：從句子到段落，從小弧形到大弧形

如前所述，弧形結構給大腦帶來的爽感是連詞、關聯詞、順序詞等不能相比的，它有兩個技巧，即「本體喻體轉換」和「主語賓語轉換」。那麼，應該如何運用弧形結構的技巧呢？

我在寫作的過程中，把弧形結構的技巧用一個詞總結了出來，那就是：擊鼓傳花。

這個技巧的特例我們在上面說過了。當你的句子的主語和賓語都是名詞的時候，就可以玩這種「擊鼓傳花」的遊戲，把賓語當成「花」傳下去。

這種擊鼓傳花不只適用於從賓語變為主語，其實無論是狀語（副詞）、定語（修飾語）還是補語，其中的名詞都可以變為主語。

這種技巧非常適合場景的描寫。我們在第2章講過用皮亞傑建構來寫場景白描。我們還說過，這樣的技巧，學齡前的孩子就可以開始進行訓練。在第2章裡我們提到，當你的孩子在寫作文卻一句話都寫不出來的時候，就可以把這個主題下的名詞都先寫下來。下面就是一些例子。

- 「公園」的聯想詞：鞦韆、花園、噴泉、長廊、長凳子、草坪和溜滑梯等。
- 「海灘」的聯想詞：沙灘、海浪、海螺、沙堡、陽傘、游泳圈和冰淇淋等。
- 「沙漠」的聯想詞：駱駝、耳廓狐、蠍子、沙塵暴和仙人掌等。

我們現在要做的就是練習擊鼓傳花：上一句的賓語或其他句子成分是下一句的主語，把它們串在一起。先拿「公園」這組名詞舉例。

一進公園的門，就看到一個雄偉壯觀的大噴泉。噴泉噴出來的水折射出日光的五光十色，與五彩繽紛的花壇交相輝映。花壇邊上的長廊是欣賞這個景色的絕佳之處。坐在長廊的長凳子上，還可以眺望到後面的草坪和溜滑梯。溜滑梯的樂趣也許只有孩童才能領略，但盪鞦韆就是老少咸宜了。

大家可以看到，這個段落中就是嚴格的擊鼓傳花，把寫作的鏡頭從一個事物，一個個地移動到其他的事物。我建議可以用朗讀的方式，你會發現，雖然這個段落幾乎沒有連詞和關聯詞，但是還是相當流暢。

我們再舉一個例子，來寫「海灘」的例子。

> 海浪輕輕撫摸著沙灘，就像是哄孩子睡覺，一下一下地那麼規律。孩子們在這節奏下卻沒有一點兒睏意：他們正在蓋一座沙堡。

在這個擊鼓傳花的練習中，我們應用了朱自清在〈荷塘月色〉中的技巧：本體喻體的轉換，上一個譬喻句中的喻體，是下一句的本體。具體來說，上一句中把沙灘比作一個被哄睡的孩子，下一句就以「孩子」開頭，然後把「寫作鏡頭」轉向沙堡。

這個小段落也沒有任何連詞或者關聯詞，但是也相當流暢。由此可見，擊鼓傳花的技巧是可以廣泛用在任何名詞上。

6.3 流暢的高階技巧：音樂感

當然，擊鼓傳花只是文章連貫的入門技巧之一。實際上，還有許多其他可以把文章寫得流暢的技巧，其中最重要的就是「音樂感」。

我們在第 1 章就提到了，中文是最依賴韻律的語言。從語言學角度來說，中文是一種聲調語言。每個字可以透過語調的變化改變意思。我們也談到，這樣的語言結構，就產生了一個問題：音樂裡的音符也是頻率的變化，而中文的意思也靠頻率變化，那麼在我們唱歌的時候，語言的聲調疊加在了音符上，要怎麼分辨歌詞呢？

簡單來說，我們靠格律上的「平仄」。流傳下來的很多唐詩、宋詞和元曲，本來就是歌詞。這些歌詞平仄不同，我們能將聲調高（平聲）的字正好對在曲子的高音上，而把聲調低（仄聲）的字正好對在曲子的低音上。

所以，特殊的聲調語言帶來了特殊的歌曲填詞問題，但這個問題的解決方式（平仄的運用）又為中文帶來了特殊的韻律。

因此，了解中文的人，只要聽過歌謠，背過詩詞，就算不知道平仄的知識，也會對平仄非常敏感。如果一段話的內在韻律符合我們的平仄，我們就會覺得非常流暢，否則就會覺得讀不通順（即便語法都是通順的）。

因此，掌握語言的內在韻律更是語言流暢的關鍵。在這一節，我們就專門講述語言的「音樂感」，以及如何把韻律放入寫作。

6.3.1 詩詞歌賦裡的音樂感

漢語的聲調經過了數千年的演變，因此古代漢語的平仄與現代漢語（或者各種地方的方言）的平仄已經大相徑庭了。受篇幅所限，我們這裡只講現代漢語中普通話的平仄。

在普通話中，一聲和二聲都是平聲（一聲叫陰平，二聲叫陽平），三聲和四聲都是仄聲（三聲叫上聲，四聲叫去聲）。具體請看表6-1。

表6-1 現代漢語普通話平仄示意（引自王力的《詩詞格律》）

聲調位置	字例	拼音	平仄
陰平聲	媽	ㄇㄚ（第一聲）	平
陽平聲	麻	ㄇㄚˊ（第二聲）	平
上聲	馬	ㄇㄚˇ（第三聲）	仄
去聲	罵	ㄇㄚˋ（第四聲）	仄

那麼中文是怎麼經由平仄實現音樂感的呢？很簡單，那就是在同一個句子中，平仄是交替出現的，而在對句中平仄是對立的。

我們舉個例子，比如毛澤東的《七律・長征》中，有這樣兩句：「金沙水拍雲崖暖，大渡橋橫鐵索寒。」

這兩句的平仄就是：平平—仄仄—平平—仄，仄仄—平平—仄仄—平。這樣的分割就是每兩個字一個節奏。

第一句，「平平」後面跟著的是「仄仄」，「仄仄」後面跟著的是「平平」，最後一個又是「仄」。第二句，「仄仄」後面跟著的是「平平」，「平平」後面跟著的是「仄仄」，最後一個又是「平」。這就是交替。

就對句來說，「金沙」對「大渡」，是「平平」對「仄仄」；「水拍」對「橋橫」，是「仄仄」對「平平」；「雲崖」對「鐵索」，是「平平」對「仄仄」；「暖」對「寒」，是「仄」對「平」。這就是對立。

這就是詩詞歌賦的基本格律，用平仄來劃分節奏。

我們再來看一個例子。比如王維的「大漠孤煙直，長河落日圓」，這裡的平仄就是：仄仄——平平平，平平——仄仄仄。也就是在句子之內，切換了一下平仄：「大漠」是一個節拍，「孤煙直」是另一個節拍；「長河」是一個節拍，「落日圓」是另一個節拍。此外，「大漠」對「長河」，「孤煙直」對「落日圓」，對句之間的平仄是對立的。

我們還可以舉無數的古詩和現代詩為例子。這樣的練習，可以自行練習，或者學習語言大師王力先生所著的《詩詞格律》（我小時候家中有一本，受益匪淺）。我們在這裡就不舉更多的例子，或者贅述更多絕句、律詩或者詞牌在格律上的區別了。

因為我們的主題是如何寫文章，所以我們要關注的關鍵是，這種音樂感（就是格律）到底有沒有被帶到現代文章的寫作中？答案是肯定的。

酣暢淋漓的現代文都是非常注重格律的。其中，王小波的文章就是一個很好的例子。他的文章有很流暢的感覺，就是因為尾音的格律非常工整。比如下面這段《愛你就像愛生命》中的文字。

> 你知道我在世界上最珍視的東西嗎？那就是我自己的**性格**，也就是我自己思想的**自由**。在這個問題上，我都放下**刀槍**了——也就是說，任你的改造和**影響**。

「性格、自由、刀槍」這三個詞都以平聲結束，而且最後一個詞「影響」又跟「刀槍」押韻。這就是為什麼王小波的文章讀起來朗朗上口。

6.3.2 如何把音樂感遷移到文章中

我們雖然很難如王小波一樣成為文章酣暢淋漓的大師，但是可以透過簡單的遊戲和方法，把一些音樂感遷移到文章中。

該怎麼做呢？就是盡量對段落裡每個句子結尾的一個詞進行琢磨，使得它們具有相似或者對應的平仄結構。

我們來看看上面我們寫的一些段落。

首先，我們來看看第2章中，我寫的關於「長城」的一段文字。

綿延萬里的長城，蜿蜒在層巒疊嶂的山峰之上，也蟄伏於鬱鬱蔥蔥的山谷。冷兵器時代，長城是一個人工屏障，也是一座信號臺。匈奴來襲，狼煙便四起。

因此，長城傳輸的是戰時最寶貴的東西：資訊與情報。所謂「烽火連三月，家書抵萬金」，古代戰爭最寶貴的就是資訊，哪怕它在現代人看來只有幾個位元（Bit）。

這段話是我們用皮亞傑建構方法寫的，每一個句子的末尾是沒有平仄或者押韻的講究的。

現在，我們來修改一下這段文字。

長城之上，層巒疊嶂；長城之下，天險懸崖。綿延萬里，收集最寶貴的資訊：匈奴來襲，狼煙便四起。

加點的字就是格律和韻律非常工整的地方。可以看到，這段就比上一段顯得流暢多了。這就是把音樂性用在了寫作上面。

這種音樂性的運用，並不是一朝一夕就能學會的，需要不停地讀詩歌，讀優秀散文，擴大詞彙量。

盡量把你累積的優秀的詞語，按平仄進行分類。對於每一個詞，可以想想與之平仄相對的同義詞。這樣當你需要用平仄對應的時候，就可以進行「同義詞替換」，把平仄不合適的詞替換掉。

當然，這還有一個偷懶的方法：**買一本同反義詞詞典**。當你把文章都寫完了，要修改的時候，可以看看每句的句尾，如果你發現這個詞格律不工整，就用同反義詞詞典來查它的同義詞，替換一下。這是我多年使用的小竅門，你也可以試試。對於修改文章來說，非常有用。

6.3.3 韻律就是原因：大腦對韻律的熱愛

rhyme as reason（韻律就是原因）是腦科學發現的一種認知偏見現象[44][45]。這個現象基於閱讀聲音回路的影響。我們在第1章已經闡述這個觀點，下面幫大家回顧一下。

如圖6-2所示，閱讀是有兩個通路的。通路1是先從文字到聲音，再從聲音到意思。這個通路稱為朗讀通路（或聲音通路），非常原始，是我們幼年時期學習的第一種閱讀方法。

絕大多數人是學會了朗讀通路，才進入默讀通路，也就是走下面這條路（通路2），直接從文字

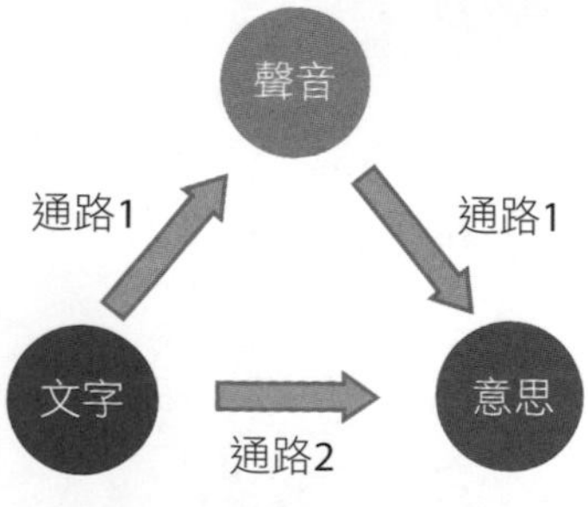

圖 6-2｜閱讀的兩個通路

到意思。但是，默讀通路由於是後學的，所以遠沒有原始的朗讀通路「頑強」。

比如，當你比較疲勞的時候，或者想認真讀書的時候，腦海裡是不是仍舊會響起聲音呢？這就是大腦裡原始的朗讀通路在工作。

我們在第1章也闡述了大腦喜歡押韻也是來自系統1的強大作用，現在也幫大家回顧一下。

由於大腦的系統1太懶了，所以我們會傾向於認為，押韻的東西就是很有道理。因此，很多廣告詞就非常注重押韻。我給大家舉幾個例子：

白裡透紅，與眾不同。

中國電視報，生活真需要。

恒源祥，羊羊羊。

維維豆奶，歡樂開懷。

人頭馬一開，好事自然來。

大家是不是都覺得「哇，好有道理，好洗腦哦」？這就是我們的大腦喜歡的文字，說服力自然也就很強。很多俗語也是押韻的，比如「人不可貌相，海水不可斗量」、「一寸光陰一寸金，寸金難買寸光陰」。愈押韻，你越覺得有道理。

押韻的東西是有魔力的，很難讓人反駁，因為它直接「攻擊」了我們閱讀的朗讀通路。

回顧完這兩段，大家應該明白「韻律就是原因」的基本原理了。但是只理解這個還不夠，我們還需要更系統的訓練，使得我們自己也能隨便就押上韻。

那麼如何練習呢？給大家推荐一個遊戲，叫作「韻腳與話題對應」。

中文的韻腳與韻母息息相關，那麼韻母都有哪些呢？主要是以下這些：

[a]，[o]，[e]，[i]，[u]，[ü]，[ai]，[ei]，[ui]，[ao]，[ou]，[iu]，[ie]，[üe]，[er]，[an]，[en]，[in]，[un]，[ün]，[ang]，[eng]，[ing]，[ong]

我們把韻母與聲母對應（可以從字典裡查找到所有的韻腳）。比如，[ai] 這個韻母組成的音節和相應的韻腳就放在下面的文字方塊裡：

ai：愛，哀，礙，埃

bai：白，百，敗，柏，拜，擺

cai：才，菜，采，材，裁，猜，踩，睬，彩

chai：差，柴，拆，釵

dai：帶，呆，代

gai：改，該，丐，概，蓋

hai：還，害，海，骸，孩

kai：開，鎧

lai：來，賴，睞

mai：買，賣，埋，麥，脈，霾，邁

nai：乃，奶，耐，奈

pai：派，排，拍，牌，徘，湃

sai：腮，賽

shai：晒，篩
tai：臺，太，汰，胎，苔
wai：外，歪
zai：再，在，災，載，栽，宰，仔，哉
zhai：摘，窄，債，齋，宅

然後選擇一個主題，比如還是「公園」，來找韻腳的音節中包含韻母 [ai] 且與「公園」這個主題相關的詞語。

露臺、門牌、色彩、古宅、狹窄、青苔、徘徊、牆外、盆栽……

實際上，詩歌〈遊園不值〉就是押在了韻母 [ai] 上。

應憐屐齒印蒼苔，小扣柴扉久不開。春色滿園關不住，一枝紅杏出牆來。

我們可以把跟「公園」相關的詞語和詩歌都整理一下，也可以用這種遊戲，嘗試整理其他韻腳和其他話題的相關詞語。

我們再舉一個例子。[ao] 這個韻母可以組成以下這些音節，相應的韻腳也如下所示：

ao：襖，凹，傲，奧，熬，懊，翱
bao：包，保，報，寶，抱，暴，苞，褓，剝，雹，褒，堡，爆
cao：草，操，曹
chao：朝，抄，超，吵，巢，潮，炒，嘲
dao：到，道，倒，刀，島，盜，稻，悼，導，蹈，禱，搗
gao：高，搞，告，稿，膏，篙，羔，糕
hao：好，號，豪，毫，嚎
kao：靠，考，烤，拷
lao：老，撈，牢，勞
mao：毛，冒，帽，貓，貌，矛，錨

nao：鬧，腦，惱，瑙
pao：跑，拋，炮，泡，袍
rao：饒，繞，擾，嬈
sao：掃，嫂，騷
shao：少，燒，梢，勺
tao：套，掏，逃，桃，討，淘，濤，滔，陶，萄
yao：要，搖，藥，咬，眺，妖，邀，窯，謠，遙，瑤，腰，耀
zao：早，造，灶，鑿，遭，澡，藻，蚤，棗

我們可以選一個話題，比如「晚餐」，來想想跟晚餐有關的詞語裡，有多少是押[ao]這個韻母的。

小籠包、水果撈、珍饈佳餚、開小灶、雞爪、小火慢熬、燒烤、桂花糕、漢堡……

所以，這就是一個把韻母和詞語結合起來的練習，比第2章的皮亞傑建構更難一點。在第2章，我們講到，當你想寫一個話題的時候，就先想跟這個話題相關的名詞，然後一步步建構；在這裡，我們把皮亞傑建構的第一步，即找相關名詞，弄得稍微難了那麼一點點：找相關名詞，並押韻。

但是只要你找出來了（如上面的兩個例子所示），後面的步驟就簡單了：按照第2章的皮亞傑建構方法把這些名詞串起來，把押韻的那些名詞放在每個句子的末尾。

這樣寫出來的段落，就會有王小波的文章那樣的效果。

本章總結

在本章，我們講了讓文章連貫、順滑的三個絕招：弧形結構、平仄和韻律。它們的理論基礎分別來自GABA、語言的音樂性和「韻律就是原因」。

同時，我們也給大家提供了兩個重要練習：擊鼓傳花，韻腳與話題對應。

希望大家能夠掌握這些高階技巧，把段落寫得更流暢，盡量少使用膠水一般的連詞和關聯詞等。

7

力透紙背的雄辯：建構說服力

恭喜你讀完了本書的絕大多數內容，還有兩章我們就要「完結撒花」了。可能很多讀者會提出抗議：「你還沒有說議論文呢！」

的確，這是我們目前的環節和系統中一個還未填的「坑」。在填坑之前，我們先來回顧一下，在前六章中我們已經填過的「坑」。

首先，我們講明為什麼寫作與腦科學相關。因為腦科學累積了大量的資料，研究人類閱讀和聽故事的規律，如果我們對這些規律進行反向操作，就可以「駭客」人類大腦，來寫出人腦喜歡的文章了。

第2章，我們講明如何在這些規律下迅速建構一個段落。許多人寫作的大問題不是「寫不好」，而是「寫不出來」。盯著紙筆或者螢幕乾瞪眼，兩個小時寫不出來一個字。為了解決「寫不出來」的問題，在第2章我們延展了皮亞傑建構，告訴大家迅速寫出一個段落的幾個實用步驟。

到第3章，我們開始講解「建構宏觀故事」的技巧。宏觀寫作與微觀寫作，可以拆分成兩門課程。簡單來說，宏觀寫作解決的問題是「講哪些故事」與「如何講故事」，而微觀寫作解決的問題是「我已經有一個故事了，也知道怎麼講它才精彩，那麼我如何精緻地修飾自己的語言」。

如果以做產品的思路來說，宏觀寫作就是產品設計層面的知識，而微觀寫作就是執行設計和生產層面的事情。

很可惜的是，在大多數寫作課程中，宏觀寫作是被忽略的。國文老師們用了大量的時間告訴你應該怎麼把一篇文章「精雕細琢」好，殊不知絕大多數孩子卡在了第一步：他們根本不知道自己的產品是什麼。這就好比，國文老師教了你很多焊接、鑄造、油漆或縫紉的「高大上」工藝，但是80%的孩子們根本不知道自己要做什麼東西。

因此，從第3章開始，我著重解決宏觀寫作的問題：一個符合人腦喜好的故事，應該是什麼樣子的。架構這樣的故事也許不足以讓你寫出一篇精彩絕倫的文章，但是足夠你寫出一個故事大綱了。

到了第4章，我們偏離一點方向，轉向微觀寫作，並不是因為我們完成了宏觀寫作的論述，而是因為「適讀性」是一個非常重要的「產品尺規」，它是衡量一篇文章是真的好還是在「拽文」的測量工具。因此我們插入這個主題，把「適讀性」這個測量工具放進「產品設計」的環節中，使得大家知道，適讀性與文學性是需要兼顧的。

然後在第4章的後半部分，我教大家一些簡單的宏觀建構修辭的方法。也就是說，我們把宏觀寫作的技巧用在修辭上：不討論如何凝練一個譬喻句，而是討論如何想出來一個譬喻句；不討論如何寫出一個擬人句，而是討論如何想出來一個擬人的情節；也不討論如何使得排比句恢弘，而是討論排比是怎麼琢磨出來的。所以，你可以認為第4章的後半部分是講「修辭是怎麼想出來的」。

到了第5章，我們徹底返回到建構宏觀故事的核心，也是本書的精髓所在，我們講解五個根據腦科學寫作的原理，分別是：腎上腺素需要緊張氣氛，多巴胺需要獎賞回路，鏡像神經元需要代入感，GABA需要解謎和哲理，催產素需要親情、友情和愛情。

對於每一個腦科學寫作原理，我們都深入地進行了闡述和分析，並且給大家指出建構故事和訓練寫作的步驟與方法。

到了第6章，我們開始講故事建構的最後一步：宏觀與微觀的介面，即承接問題。按照本書的方法，你的故事是按模組寫的（不論是第2章的皮亞傑建構，還是第5章的五大腦科學寫作原理），而模組之間必須「焊接」好，這樣你的文章才能流暢。

有很多教寫作的文章，簡單直白地告訴孩子們要使用連詞和關聯詞等。這些方法對於新手來說是友好的，但是難免產生很強烈的「膠水太多了」的人工黏合感。因此我們在第6章著重介紹了「渾然天成」的感覺是怎麼產生的，並提供訓練方法：擊鼓傳花，韻腳與話題對應。

你可以認為，第6章就是在教文章的「榫接結構」，有如此對文章構築的理解，你就不需要大量地使用「膠水」了。

以上就是我們前六章所填的「坑」，這些知識雖然大多數情況下可以用在所有的文學體裁裡，但是主要還是直接應用於記敘文和說明文，也就是主要應用於記述故事和描寫事物的文章。我們還沒有觸及一個更深刻的文體：議論文，即闡明自己觀點，論證自己觀點，提出證據，並且駁斥反方觀點的文章。

如何把議論文寫得有理有據，讓人信服呢？另外，我們講過，人類的大腦是慵懶的，如何讓慵懶的大腦有動力看完你的敘述，並且梳理清楚你的觀點呢？在議論文的敘述中，有很多觀點的邏輯並不是那麼一眼可見，甚至需要反人類的直覺，我們該如何舉例論證呢？在這一章，我們就來回答這些問題。

7.1 累積論點和論據的祕訣，在於累積寫作的「樂高積木」

我們不得不承認的一點是，議論文不是那麼好寫的。它的要求比記敘文更高一些：記敘文只需要你有故事，議論文需要你有觀點；記敘文只需要你有經歷，議論文需要你有大腦。

沒有自己獨特的視角，為了支持而支持，或者為了反對而反對，都不是議論文的精神。議論文的精神就是要「言之有物」。

那麼如何做到「言之有物」呢？重點在於累積。「讀書破萬卷，下筆如有神」就是針對議論文最深切的評論：你不讀書，不思考，就沒有觀點，沒有觀點就真的沒法寫。這不像記敘文，不論你是否有深度、是否會思考，你肯定有點自己的故事。每個人都有故事，但是並不是每個人都有自己的觀點。

因此，為了寫好議論文，你必須加大閱讀量。但是有人會說，我閱讀量很大，還是寫不好，這是為什麼呢？因為你沒能留住這些故事和觀點，還讓它們從你的指縫間溜走了。要寫好議論文，你必須把自己看到的一些觀點記錄下來。

這就是很多人所提倡的「卡片筆記寫作法」，或者「樂高筆記寫作法」。簡單來說，就是你每讀到一個故事或是一個重要的思想，就把它記錄下來。這些小的片段，就是你寫作的「樂高積木」。你可以把這些「樂高積木」放在一個線上筆記系統，或者一個資料夾裡面，只要自己能夠搜索到就可以。

我寫過很多條微博，大多是自己平時看書所得的；這些論點或論據，就是後續我寫文章的「樂高積木」。以下，為大家展示幾個「樂高積木」：

1812年，在英吉利海峽的萊姆利吉斯海岸，有個小女孩叫瑪麗・安寧（Mary Anning），她在11歲（也有書說是12、13歲）的時候，在海邊的懸崖上發現了一個大的化石。後來，她又一個個地發掘了很多大的化石。那時候人類還沒有發現恐龍化石。

她發掘的第一個大化石，後來被命名為「魚龍化石」。她幾乎沒有工具，發掘條件很差，但是技藝精湛，不僅發掘了很多化石，還能把古生物的圖像復原出來。

她還發現了蛇頸龍化石，很多時候，她把這些化石和復原圖，賣給貴族的科學家。

倫敦自然博物館的「古代海洋爬行類展館」裡至今還有很多瑪麗・安寧發掘和整理的化石。只不過她一生貧困，也一直被古生物學的歷史所遺忘。

只是有一個英國流行的繞口令（相信很多人知道這個繞口令）還流傳著她賣化石的故事。這個繞口令是：She sells seashells by the seashore（她在海岸邊賣貝殼）。

我那天看書上說，人腦有個認知偏見叫啦啦隊效應。就是說，我們的大腦會覺得在一個團體（純男性，純女性，或男女混合都可）裡的人，比落單的人更有吸引力（針對同一個人來說）。所以，如果有朋友找另一半實在困難，也許可以先成團試試。

科學史上也有洪福齊天的人啊。有兩個人，叫阿諾．彭齊亞斯（Arno Penzias）和羅伯．威爾遜（Robert Wilson）。他們在1964年的時候，在紐澤西州的貝爾實驗室，發現貝爾實驗室的天線裡面有一種奇怪的雜訊。

他們花了很長很長的時間，把天線的每一個零件都拆下來，用很小的刷子輕輕刷去粉塵，又重新裝上，如此反覆了很多遍。

不論怎麼搞，怎麼努力，那個雜訊依然在。

與此同時，普林斯頓大學有一個教授，叫羅伯．狄克（Robert H. Dicke），正在尋找一種「宇宙背景輻射」，因為這個是宇宙大爆炸的證據。

而早在1940年，蘇聯出生的物理學家喬治．加莫夫（George Gamow）就寫了一篇論文，說宇宙大爆炸的射線，經歷很長的路程到了地球，應該變成了微波的形式。他還明確寫道：「貝爾實驗室的天線，可能能捕捉到這種微波。」

可是，貝爾實驗室的那兩個人（彭齊亞斯和威爾遜），以及普林斯頓大學的狄克竟然都沒有讀過這篇論文。

又繼續「胡搞」了一陣，貝爾實驗室的那兩個人實在受不了了，覺得普林斯頓大學離這裡最近（只有50公里），不如打電話問問普林斯頓大學該怎麼去掉雜訊。

結果，電話就轉到了狄克那裡，狄克馬上意識到，這就是他要找的證據。

然後，《天體物理學雜誌》上就發表了兩篇論文：一篇是彭齊亞斯和威爾遜寫的，說明這個現象；另一篇是狄克寫的，解釋稱這是宇宙大爆炸的證據。彭齊亞斯和威爾遜根本不知道這件事的重大意義，直到《紐約時報》報導了這件事。

高潮來了，即便他倆根本不知道這件事的意義，但因為發現宇宙背景射線太有意義了，所以他倆還是得了1978年的諾貝爾物理學獎。而且，因為諾貝爾獎是誰發現給誰、誰活著給誰，所以普林斯頓大學的一群人和加莫夫都沒得。

這是什麼運氣啊？就在實驗室裡搞天線，去雜訊，打了個電話求助，就能得諾貝爾獎。我當年做了多少次這樣的事兒，經常連個論文都沒得發。

以上這些小故事都是我平時累積的。大家可以把這樣的故事放進你的筆記裡，從每個例子裡總結一兩個論點。

比如，第一個故事的論點是「女性對於考古學的貢獻」，第二個故事的論點是

「成團有利於脫單」，第三個故事的論點是「有人洪福齊天，竟然靠運氣拿了諾貝爾獎」。

這些「樂高積木」在以後論證的過程中就有很大的作用。記住，一個議論文寫得好的人，不可能是從零開始的。這些人手裡都有一些「樂高積木」（也就是論據）。

那麼，這些「樂高積木」應該長什麼樣子呢？簡單地說，要排除一切模糊性。我們將在下一節詳細敘述。

7.2 時間、地點和人物：摒除一切模糊性

我不知道大家是否注意到，我上面的幾個「樂高積木」有一個共通之處，那就是「都有精確的時間、地點和人物」或者關鍵的「精準資訊概念」。

第一個「樂高積木」的時間、地點和人物在第一句話，即「1812年，在英吉利海峽邊上的萊姆利吉斯，有個小女孩叫瑪麗・安寧（MaryAnning），她在11歲

（也有書說是12、13歲）的時候，在海邊的懸崖上發現了一個大的化石」。

第二個「樂高積木」的重點是一個概念，即「人腦有個認知偏見叫啦啦隊效應」。

第三個「樂高積木」的時間、地點和人物非常多，如下所示。

- 阿諾・彭齊亞斯（Arno Penzias）和羅伯・威爾遜（Robert Wilson）。他們在1964年的時候，在紐澤西州的貝爾實驗室，發現貝爾實驗室的大天線裡面有一種奇怪的雜訊。
- 與此同時，普林斯頓大學有一個教授，叫羅伯特・狄克（Robert Dicke），正在尋找一種「宇宙背景輻射」。
- 早在1940年，蘇聯出生的物理學家喬治・加莫夫（George Gamow）就寫了一篇論文。
- 《天體物理學雜誌》上就發表了兩篇論文：一篇是彭齊亞斯和威爾遜寫的，說明這個現象；另一篇是狄克寫的，解釋稱這是宇宙大爆炸的證據。

下面我再給大家看兩個「樂高積木」，都是我根據從 NPR（National Public Radio，美國國家公共電臺）聽到的故事總結下來的。

> 今天從 NPR 聽了一段，特別有意思（在 The Indicator 這個 Podcast 裡面）。
>
> 說有個經濟學家，叫克勞迪婭．莎姆（Claudia Sahm）。她發明了一個法則，用來預測經濟衰退。薩姆以前是在 FED 工作的，FED 就是美國聯邦準備系統，也就是常說的「聯準會」。
>
> 聯準會的一大部分工作，就是預測經濟衰退，然後採取刺激措施或者貨幣政策、槓桿什麼的，來把經濟衰退扛過去。美聯儲裡面的經濟學家，大多數是資料科學家。他們會按照資料算出來目前的經濟處於什麼週期。
>
> 以往，經濟衰退的發現往往是非常後期了，原因是，經濟衰退的定義是 GDP 連續兩季縮水。而 GDP 的資料要收集上來非常慢，而且要滯後於季度很久。

莎姆後來發明了一個新的指數，叫莎姆法則（Sahm rule），它是以失業率來預測經濟衰退：如果最近三個月的失業率的平均值，比過去12個月的失業率的最低值高0.5%以上，那麼經濟衰退已經發生了。

舉個例子，假定2019年10、11、12月的失業率平均值是3.5%，那麼當2018年10月以後的12個月的失業率最低值是3%時，就說明現在已經發生經濟衰退。

莎姆指出，用歷史資料擬合的預測方法是非常準確的。同時，她推行一個辦法，那就是一旦出現經濟衰退，就自動給失業家庭發放一次性的補貼，比如1,000美元。

一次性的補貼，是為了防止很多家庭在經濟衰退初現的時候，由於恐慌而馬上縮減開支。當全民大規模縮減開支的時候，就會導致更多的人失業，使得衰退愈來愈厲害。

而經濟學家們發現，人的行為是不理性的，小額的長期補貼，是不能刺激消費的，而一次性的補貼，反而可以刺激消費。

這個「樂高積木」的故事雖然只是來自一個廣播節目，但是我把「來自哪個節目」、「被採訪人的姓名」、「她做了什麼」、「為什麼這樣做」和「這個概念叫什麼」都寫了下來。

下一個「樂高積木」也是如此。

我今天聽了一段NPR的Planet Money Summer School（「全球財富」暑期特別節目），我覺得挺有意思的。

節目裡提到，美國關稅的稅則特別複雜，有幾千頁，把所有進口產品分成了上萬個類型，這就催生出一個職業：關稅工程師。

關稅工程師現在是一個很強大的職業，涉及非常多的行業。他們不只學習法律條款跟政府「打官司」，他們是真的在搞「關稅工程」。啥意思呢？就是給進口商建議，告訴他們如何改變產品能夠降低關稅。

比如一雙鞋，加上一些絨布，就可以改變類別，從一個類別變為另一個類別，關稅就低了。

比如一件衣服，加拉鍊就算普通服裝，加綁帶就算節日服裝：普通服裝要徵關稅 32%，節日服裝不徵關稅。

我的感想是，當政策流程複雜的時候，就會催生出許多中間商。美國個人所得稅申報複雜，條款很多，所以就催生出許多會計師事務所；美國移民過程複雜，就催生出許多移民律師和機構。

其實所有流程複雜的地方，都有非常深度的賺錢機會。

這個「樂高積木」裡面講了「關稅工程師」的來龍去脈，以及我是從哪個節目聽到的，「關稅工程」具體是做什麼的。

總而言之，我們用很大的篇幅為大家舉具體的「樂高積木」的例子，是想告訴大家：累積這些故事、素材和論據，我們需要的是精準的例子。

而且，越精準越好。摒棄「有人說」這樣的模糊話語，特定地指出「誰說的」；摒棄「曾經發生了這樣一件事」的模糊話語，特定地指出「到底哪年哪月哪日發生的」。也就是說，**把你知道的資訊、細節都寫上，能多具體就多具體，能多精準就多精準。**

為什麼要如此注重細節和精準度呢？原因有兩點。

第一，讓讀者的GABA有「安全感」。當他們知道具體的人物、具體的年代、具體的事情，就不會擔心這個故事「搜尋不到」或者「無法驗證」，就會更傾向於相信你的故事。

第二，有了細節，也夠精準，才能讓人建構出畫面（根據鏡像神經元），才會讓人更加信服。

更重要的底層原因是，我們要說服別人接受的是理念，而理念本身就是抽象的，是需要用「系統2」的。我們在第1章中指出過，丹尼爾・康納曼在他的暢銷書《快思慢想》中提到，大腦可以簡單地分成兩個系統：系統1和系統2。

系統1是不費力的，省能量的，不深入的，完全靠直覺的。我們平時生活都靠系統1，除非我們自己努力用系統2。「省腦力」是我們生存所必需的：人不可能吃喝拉撒都需要思考才能進行。如果你需要先深入思考「為什麼我要上廁所」才能上廁所，那後果簡直不堪設想。

所以，系統2是很少使用的，因為它對大多數人來說是費力的，也有很多腦科學家稱作「認知負荷」（cognitive load）。認知負荷太重，就會讓人難以堅持。

因此，把「樂高積木」寫清楚，會大大降低人的認知負荷。讀者能順著你的故事，很清晰地想像當時的場景，就會很容易被你說服。

所以我們說，累積大量的「樂高積木」是寫清楚議論文的第一步。實際上，當你累積一千個「樂高積木」的時候，你不僅可以把議論文寫得很清楚，還可以把你的人生觀組織得很清楚。

如果你問「樂高積木」從哪裡來？我可以告訴你，它們從四面八方來：一本好書、一篇報導、一個廣播節目、飯桌上一個可以追查的故事……這些都是「樂高積木」的來源。

只要你把它們精準地記錄下來，放在一個自己可以搜索的系統裡面（備忘錄、記事本或者一個沒人知道的部落格），那麼日積月累就有很多可以進行議論的論點和論據了。

要注意，這種「樂高積木」的累積是不可或缺的過程，是無法逃避的。「巧婦難為無米之炊」，如果你平時不累積，是很難有屬於自己的觀點和論據的。

7.3 論點和論據的組織

上面我們討論了論點和論據的累積。但是可能到了這裡，很多朋友會說：「在樂高的世界裡，並不是有樂高積木就能搭出來宏偉的建築。」

確實是這樣的。在搭建成宏偉的建築之前，樂高積木必須有幾種簡單的組織方式，如圖7-1所示。

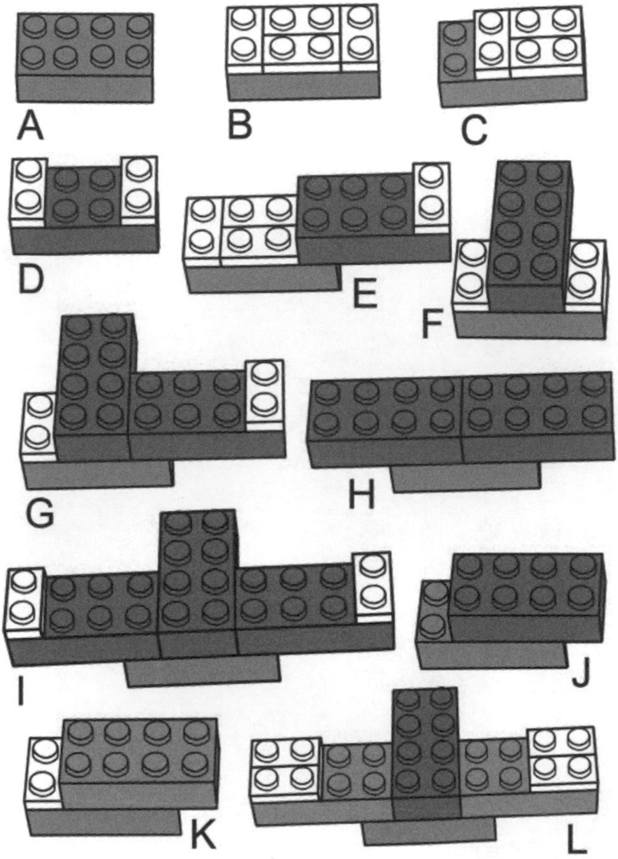

圖 7-1｜一些樂高積木的基本組織方式

（引自：Lego bricks and the octet rule : Molecular models for biochemical pathways with plastic, interlocking toy bricks.）

在議論文的世界裡也是如此，並不是你有很多「樂高積木」就可以寫出來好的議論文，還需要好好組織它們。

就像樂高積木有不同的組織方式一樣，議論文的組織也有幾種方式，這些議論文的組織方式與人腦的邏輯組織方式是對應的。接下來，就為大家一一拆解。

7.3.1 充分性與必要性

充分性與必要性是「做一件事」的兩個面向，一件事，最好又充分又必要，我們才去做。所以當我們論證「需要做某件事情」的時候，就可以用這個結構，先論證「不做這件事的危害」（必要性），再論證「做這件事的條件已經具備」（充分性）。這個論證結構如圖 7-2 所示。

下面我來說明我以此結構來論證的兩篇文章。

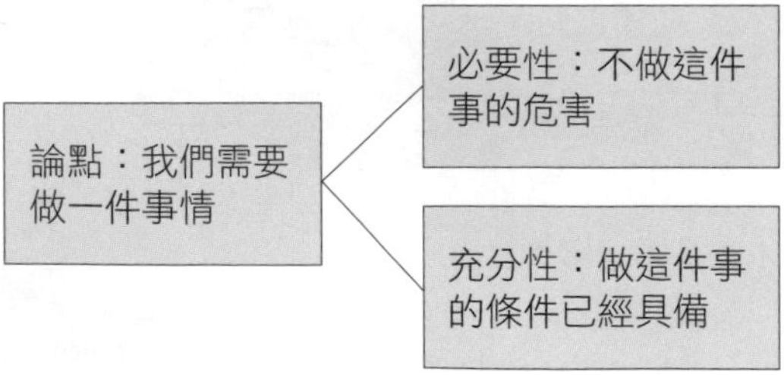
論點：我們需要做一件事情
必要性：不做這件事的危害
充分性：做這件事的條件已經具備

圖 7-2｜「充分性與必要性」的論證結構

第一篇：論證為什麼我需要給自己的藏書做一個「館藏系統」

我今天早上一直在整理我的書櫃，我反思一個問題：「為什麼我們全家都很辛苦，但是家裡總是還需要不停地整理？」

這個原因就是：沒有館藏系統。

中國大多數老百姓，特別是老一輩，沒有「館藏」的概念。「館藏」這個詞的英文是curation，它其實不只用於博物館，也用於一切收藏。

舉個例子，如果我家書櫃交給保姆或者長輩收拾，那麼他們只會把書都放進去，把灰塵擦了，不會按類別整理。

這就是收藏品混亂的原因。有的時候，我辦公到很晚，把東西攤的到處都是，第二天就會發現東西全都「收拾」到書架上。收拾是收拾了，但是擺放邏輯不是我的邏輯。於是我又要把它們再整理一遍，如果我忘了整理，就很可能丟失。

有人可能說：「拿了東西放回原位就好了。」很多家庭主婦、長輩、保姆，甚至所有做家務的主力都說過這樣的話。但是，這裡有一個問題：「『原位』如何定義？」我們沒有給每一個物品定一個精確的「原位」。

我沒有定義每一雙襪子、每一本書的原位在哪裡。

為什麼曾經中國人不會考慮這個問題呢？因為曾經我們很窮，不會有那麼多東西：沒有那麼多口紅、衣服、書、公仔或玩具。

這也是很多家庭矛盾的來源。有多少孩子因為「父母收拾東西亂動了我的口紅、書、公仔或球鞋」而與父母產生衝突？

我在這一刻想明白了：我既不應該抱怨他們放錯了位置，也不應該模糊地說一句「放原位」，更不應該不停地自己收拾，擺來擺去。

我應該做的事情是：

1. 對家裡所有圖書進行掃碼收錄；
2. 採用 UDC（Undefinitized Document Control，通用十進位分類法）系統進行分類；
3. 買一個標籤印表機，把編碼打在圖書上；

4. 給絕版或者很難購買的圖書標示✓（表示有價值），並且告訴家裡所有人，絕不能出借所有標示✓的圖書。

這樣，我就能夠給圖書建一個有效的館藏系統。只要家裡的保姆和我媽，按系統中的字母順序擺放圖書，以後我就可以用最少的精力去管理，還能保障樣書、自購圖書和禮品都能儲存好。

有很多人說，有這個必要搞一個這樣的系統嗎？我覺得當你的家裡有大量同類物品，並且你很珍惜的時候，就需要做館藏系統。

否則一旦出借、拿出去或放在包包裡，就可能丟失，或者發生很高的磨損率。很多外國主婦或外國老師（至少是精英階層），家裡館藏系統做得非常好。

香料按使用頻率擺放、孩子玩具按類型進行收納、書本按字母順序擺放。

其實所謂的「整理師」就是這樣一個存在。不過大多數中國人不太習慣請整理師。因為「整理」這個詞，在我們中國人的概念裡是「收拾」，也就是「讓表面看上去乾淨」。但實際上整理師做的是「館藏系統」，給你家裡每一個東西建立「原位是哪裡」的系統。

絕大多數人不認可這個服務的收費，覺得收費那麼高，說實話，我也不認可。但是我覺得我可以學習這個系統，自己從圖書開始整理館藏系統。

做一個聰明的、井然有序的人：既不跟人打架、嘮叨，也不總是不停重複幹活，勞累自己。

我希望兒子長大之後，當他問我「這本書放哪裡」，我不再像千百年來的家長那樣回答「就那裡，就放原位」。

我可以精確地回答他：「第三排第一個架子D區域，按順序擺放。」

這篇文章的論證結構非常簡單，就是充分性與必要性的結合，如圖7-3所示。前半部分講書櫃為什麼那麼亂，後半部分講了我其實有條件做一個館藏系統。

第二篇：論證「因果是大腦的模型」

因果在現實生活中是不存在的，是人類大腦建構世界的一種模型。首先，這個模型是有很多種類型的。你如果仔細讀過哲學著作，就知道，因果也是分「因果必要」和「因果充分」的。

什麼叫因果充分？我把你推進游泳池裡，你出來全身都是乾的，我就嚇死了。「跳進游泳池」和「全身溼透」的因果關係是充分的。

什麼是因果必要？我給你一個火柴盒，你劃了一下火柴，但是沒劃著。我不僅沒嚇死，還感覺稀鬆平常，因為火柴偶爾會劃不著，這個大家都知道。「劃火柴」和「著火」，這個因果關係是必要不充分的。

除此之外，還有機率因果，也就是兩件事相繼發生的機率高，人腦就會對它們產生因果的模型。比如你十次打開車裡的收音機，八次會熄火。你就會認為「打開收音機」和「熄火」之間有因果關係。

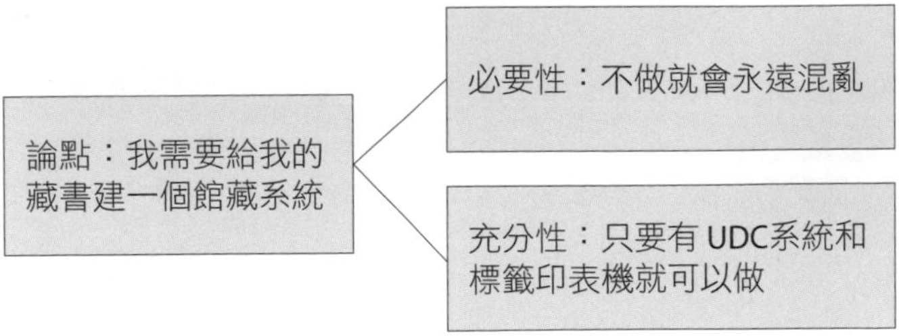
論點：我需要給我的藏書建一個館藏系統
必要性：不做就會永遠混亂
充分性：只要有 UDC系統和標籤印表機就可以做

圖 7-3｜論證「應該建立一個私人館藏系統」的結構

所以因果是什麼？因果不過是你大腦中的一種模型，對這個世界的事件關係進行建模。因果是一種簡化的模型。其實本質上來說，世界上有太多事情是高維的、不確定的、隨機的、動態變化的，你的大腦處理不了這麼多資訊，只能把模型簡化為因果。

這篇文章的論點和論據也非常清晰，就是在論證「因果是大腦的模型」。必要性就是「因果其實有很多種類型」，充分性就是「世界太複雜了，我們需要因果這種簡單的模型」，如圖 7-4 所示。

因此我們可以看到，當我們論證「可以做一件什麼事情」這種論點的議論文時，直接分成「必要性」和「充分性」兩塊來組織論點就可以了。

實際上，我的很多議論文就是這樣組織的。這樣組

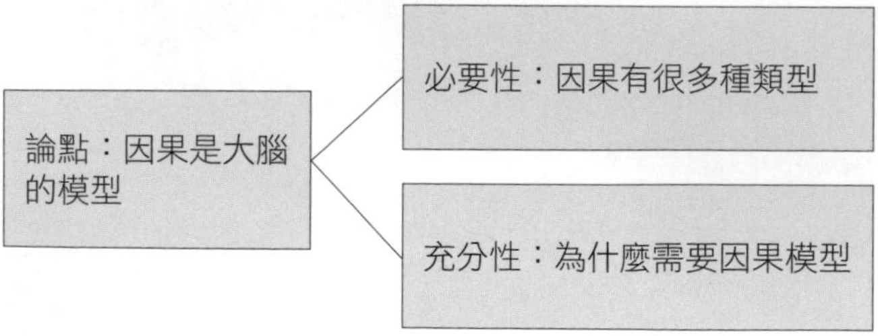

圖 7-4｜論證「因果是大腦的模型」的結構

織有一個好處，對於「我們為什麼要做這件事」和「我們如何做這件事」都論證得比較清楚和完備，滿足大腦的 GABA，對讀者來說，說服力就比較強。

7.3.2 正反論證和矛盾統一

「正反論證與矛盾統一」也是一種常見的議論文寫作方法。它的結構很簡單，就是當我們遇見一個爭議很大的話題時，就把「正方」和「反方」的觀點都亮出來，最後再做一個總結。它的結構如圖 7-5 所示。

下面我們來看一篇用這種結構論證的文章。

這篇文章論證的是「要不要當全職太太」的話題，因張桂梅老師反對女生當全職太太的議題而起。

昨天張桂梅老師反對女生當全職太太的言論引起了很大回

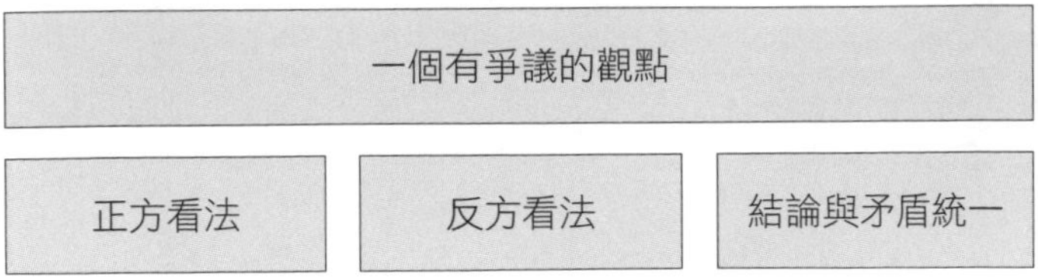

圖 7-5｜「正反論證與矛盾統一」的論證結構

響。有一些網友要我談談自己的看法。我覺得這個話題很難討論，因為我個人覺得，正反方都有很多觀點，都有一定道理，論據也很真實。

但我也認為，一個有智慧的人的基本素質，就是能在大腦中容納不同的觀點和聲音，甚至是反對的觀點和聲音。

所以，關於全職太太，我今天就把我覺得有道理的觀點都給大家說一下，提供年輕的女孩子們自己判斷。

正方

觀點1：當全職太太是個人選擇。

有一定道理。因為只要家人支持，別人確實沒有權力管他人私事。

觀點2：我有老公養，家裡有錢，很幸福。

有一定道理。很多人不用為了生計奔忙，有錢有閒的富貴閒人是大家都羨慕的。

有一些全職太太，生活豐富多彩。這雖然並不是所有人都能達到，但是能給很多女孩以很強的心理暗示：辛苦上班還不如在家全職。

觀點3：我去上班，薪水還沒有保姆費高，我是從全家經濟狀況考慮的。

有一定道理。在歐美國家和中國的一線城市，藍領和白領工資逐漸平齊。這是趨勢。當普通白領和高級藍領之間的工資差異愈來愈小時，這種聲音會愈來愈多。

觀點4：如果我不帶孩子，我們家老人沒人能帶。

有道理。育兒保障體系還不完善。很多非獨生子女就面臨著「搶老人」的問題。父母和公婆可能一方身體不好，一方在帶兄弟姐妹的孩子，這種情況很多。

觀點5：我的孩子需要我。

有道理。有些孩子有特殊需求，比如語言發育遲緩或者心理需求較高。

觀點6：我必須解決和老公異地的問題。

有一定道理。中國有很多人在做沒有固定工作地點的工作。大量的施工建設人員是要出差的。如果配偶不在家，夫妻就常年見不到面。

反方

觀點1：雖然從個體上來說，當全職太太是個人選擇，但是從總體上說，女性勞動參與率太低，會導致女性職場之路愈來愈不平等。

有一定道理。職場上女性的升職難度遠高於男性，一部分原因確實是已婚已育女性的勞動參與率低於男性。如果一個女性在30多歲，已經變成中階主管之後回歸家庭，那麼就會給她們部門以後的女性晉升帶來一定障礙。

因為很多公司會考慮晉升和培養一個女主管的風險。前人栽樹，後人乘涼。女性不應該只考慮自己的安逸，不為以後的女性著想。

觀點2：中國不能跟歐美國家比，在歐美國家，撫養孩子的一方在離婚後能分很多錢，在中國許多案例撫養費很少，被離婚就慘了。

有道理。雖然在歐美國家，離婚後孩子的撫養費也沒有網友想像的那麼多，但是好歹是從工資裡面直接扣的，賴帳太難了。

觀點3：作為一個媽媽，妳需要社會保障體系。

有道理。女性在懷孕和生產等時，可以從社會保障體系中受益，這些都需要牢牢掌握在自己手裡。

觀點4：伸手向人要錢，終究太屈辱。如果妳丈夫不認可妳的付出，那麼就算其他人都認可也沒用。

這條不用解釋。很多全職媽媽會抱怨丈夫或公婆給錢的時候嘴臉過於難看。

觀點5：妳需要跟成年人社交，天天跟幼兒在一起會脫離社會。

有一定道理。幼兒的語法和思維方式與成人不同。長期不與成年人交流，心理會壓抑。

觀點6：全職媽媽反而會讓爸爸的育兒參與率變低，導致他認為一切理所應當，對孩子付出的少，孩子的生活參與得少。但孩子是需要父親的。

有一定道理，雖然父親常常是（注意，我寫的是「常常是」）家庭經濟的支柱，但無論男孩女孩，都需要母親和父親共同養育。

觀點7：一個女孩受到了較好的教育，應該發揮自己的能力，創造價值，而不是埋沒自己。

有一定道理，國家、社會和父母花了很多錢費勁拉把妳養成社會精英，是希望妳能創造非凡的社會價值，而不只是當一個媽媽。

如上所示，我把所有的觀點都拋出來了，以下是我對年輕女孩的建議。

1. 開放妳的思維、妳的心靈，接受不同觀點。左右權衡，才是有思想的人。
2. 開闢出一條屬於妳自己的道路，但不用說服自己或別人「這條路是最好的」。
3. 在自己有機會的時候，回饋社會。
4. 選擇配偶，與配偶談判是極其重要的。在職業規畫的過程中，要繞過很多艱難險阻，才可以發揮最大社會價值。

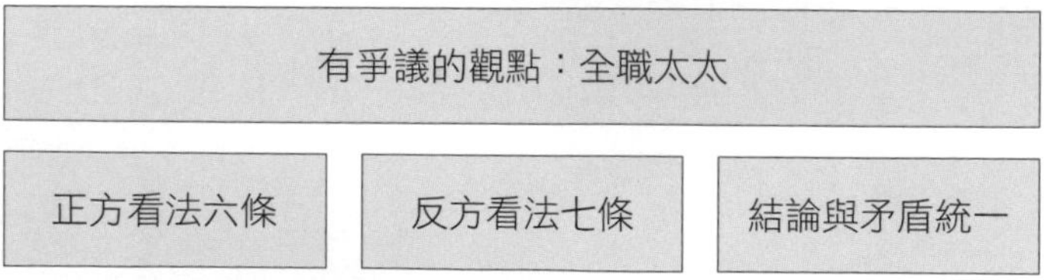

圖 7-6｜論證「要不要當全職太太」的結構

5. 不要回答「如何平衡事業和家庭」這樣的問題，沒人能夠平衡。如果有人能平衡，必然有人在犧牲。

這篇文章也是正方與反方、矛盾與統一的例子。它的結構也非常簡單，如圖7-6所示。

當我們討論一個有爭議的話題的時候，就可以採取這樣的論證結構。

7.3.3 列出一個問題的多個面向

列出一個問題的多個方向，是議論文最簡單的一種組織方式。具體來說，就是把一個問題的多個方面或者一種觀點在不同場景的表現形式列舉出來。

我們來看下面這篇文章：

剛才和朋友討論了一下，說很多家長其實不理解「兒童的成長是一個曲折的過程」。許多時候，看似「退步」，實際是為了更大的進步。

我們舉兩個例子。

一個例子是兒童的語言發展，許多時候，孩子的「退步」是為了更大的進步。

在英語是第一語言的小朋友裡，有這樣一個現象：特殊的動詞過去式（例如go的過去式went），孩子是先學會的。你會發現，兩歲的小朋友就會說「She went back home」了。

但到了三歲，他學會動詞的過去式一般是「動詞＋ed」，就會說「She goed back home」。這顯然是語法錯誤，在評分的時候，這個孩子的成績就會降低。

但是，這是一個重要的語言發展階段，叫過度類化（over generalization）。換句話說，他在學習規律，並且試圖把規律用在很多地方，甚至用得過度廣泛，犯了很多錯誤。

這是學習語法的一個重要階段。等再過一段時間，孩子就會明白，原來語法有規律，也有特例，就又回到了「She went back home」。

第二個例子是兒童的運動發展。一般來說，兒童最早學會的是雙手雙腳同時（homologous）運動，然後學會的是同側（ipsilateral）運動，最後是對側（contralateral）

運動。

當很多家長發現兒童在學會對側爬（也就是先伸左手右腳，再伸右手左腳）後走路還是同側的時，就會很不耐煩：「明明已經會對側爬，怎麼走路還是同手同腳？」

其實這也是一種進步行為，兒童需要先學會站立平衡，回到同側走，才能進一步學習對側走路。「同手同腳」在這個情況下也是進步行為。

同樣的道理也可以從學校的各個方面看到。學校的所有考試都可以認為是簡單評測，簡單評測只給你一個表觀的分數，並不告訴你分數背後發生了什麼。分數下滑的原因有時候恰恰是發展，是孩子在試驗各種其他方法，是他在嘗試用別的方法學習、解題，是在「去擬合」，或者說是一種過度類化。而家長不分青紅皂白地著急，其實反而會影響這個過程。

我從沒見過哪個孩子的成長是直線上升的，沒有高高低低、上上下下，沒有所謂的「退步」，會那樣的大概是機器人。

這篇文章寫的道理非常簡單：孩子在成長過程中的「退步」，並不一定都是退步，有很多其實是進步。我們舉了三個例子，分別是關於語言發展、運動發展和學校成績。最後的觀點是：沒有哪個孩子的成長是直線上升的。

這篇文章的結構如圖 7-7 所示。

這樣的論證結構是最典型的，也是最常見的。

7.3.4 其他論證結構

除了上面三種常見的論證結構，還有一些其他的論證結構，比如「規律與特例」、「雙向分離」等。

什麼叫「規律與特例」呢？就是我們在論證一件事是普遍規律的時候，最後還會把這件事的特例寫出來。

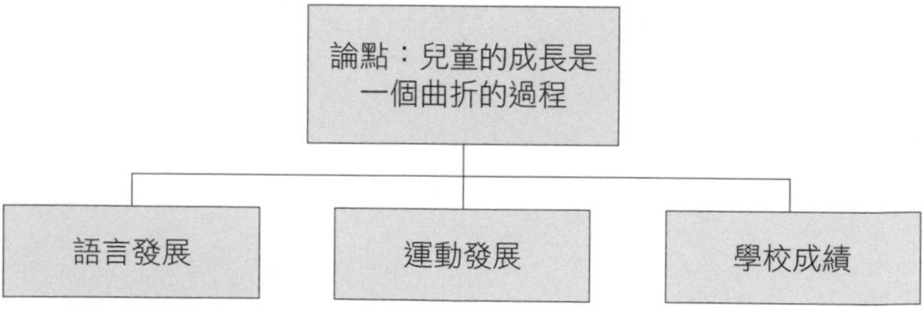

圖 7-7 ｜「列出一個問題的多個方面」的論證結構

這種論證結構如圖7-8所示。

這個結構非常簡單：當你寫的規律有特例的時候，你就把規律先寫出來，再寫特例就好了。我們舉幾個例子：

適量地跑步對絕大多數人的健康是有益的。【普遍規律】

除非您的膝蓋有問題，不能支撐跑步，那麼您就應該尋求一些對膝蓋壓力低的運動，比如游泳。【特例】

一般來說，晚飯應該少吃，這樣對身體健康有利。【普遍規律】

除非您有胃病，或者正在處於化療、放療等癌症治療過程中，那麼您就應該遵醫囑。【特例】

這個結構非常簡單，我們就不再贅述。下面讓我們來看看「雙向分離」的結

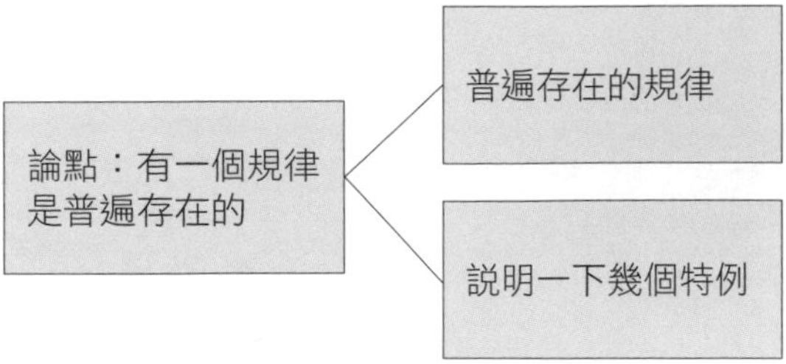

圖 7-8 ｜「規律與特例」的論證結構

構。

什麼叫「雙向分離」呢？就是在論證A與B完全獨立的時候，一定要論證兩個方向的分離，即「有些A不是B」、「有些B也不是A」。

這種論證結構如圖7-9所示。

關於雙向分離，我為大家舉一個例子。有一家航空公司要求空服員減肥，還列出身高體重標準。我寫了一篇文章表示：「我不會坐這個航空公司的飛機，因為減肥會影響空服員的判斷力，飛行就無法保證安全性了。」結果，有很多網友反駁我說：「按這個航空公司的標準來說，不算瘦。」

我駁斥了這個觀點。我認為，瘦是一種狀態，有很多人天生瘦，如果航空公司需要瘦人，就可以在篩選的時候找瘦人當空服員，而不是逼她們減肥，影響飛行安

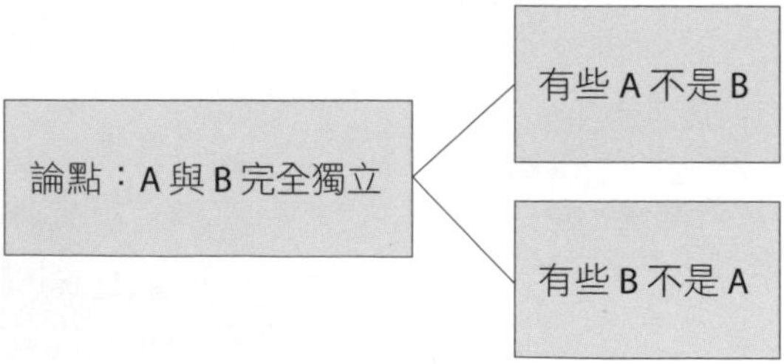
論點：A與B完全獨立
有些A不是B
有些B不是A

圖7-9｜「雙向分離」的論證結構

全。所以我寫了這樣一段：

瘦和減肥，完全是兩個概念，下面這四件事情是完全可以獨立存在的：瘦人減肥，瘦人不減肥，胖人減肥，胖人不減肥。

這種情況，邏輯上叫「雙向分離」。也就是說，減肥和瘦，是兩個完全雙向獨立的概念。

如果我說「空服員減肥不安全」，那麼如果你是一個有邏輯的智慧生物，你就算要反駁我，也應該從「減肥不影響安全」這個角度切入，而不是說「按這個標準不算瘦」。

這段文字就是一個論證「雙向分離」的例子。我們可以看出它的主要組織方式如圖7-10所示。

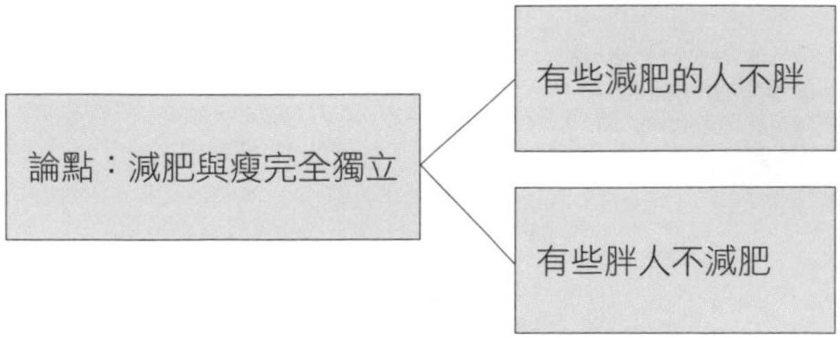

圖 7-10｜「雙向分離」的論證結構示例

7.3.5 論證結構的總結

我們在這一節開始的時候講到了，平時累積的論點和論據就像「樂高積木」，而上面的拼接方式就是樂高的基本拼接方式。

所有這些基本拼接方式都是可以體現在一篇議論文裡的，結構如圖 7-11 所示。

假設我們的論點是「提議 A」。既然提議做 A，那麼我們必然要回答的問題就包括：為什麼要做 A（必要性），現在是否可以做 A（充分性），A 不是 B（雙向分離），A

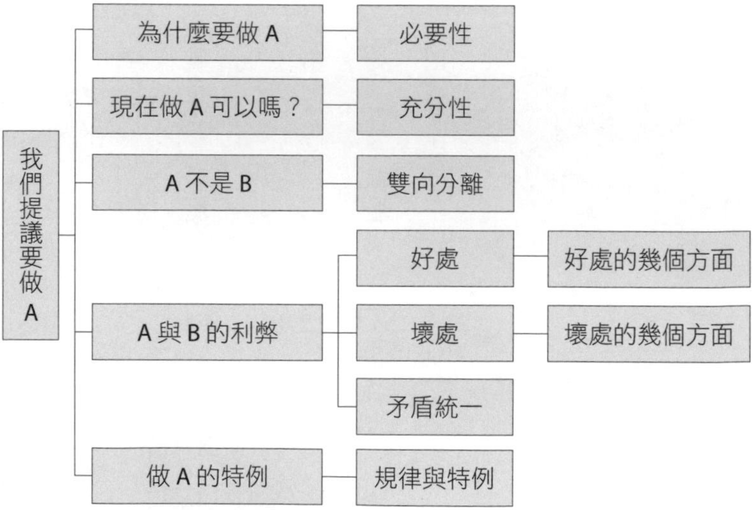

圖 7-11｜一篇議論文的拼接結構

與B的利弊（正反面），每一面的論證（一個問題的N個方面）與矛盾統一，以及做A的特例（規律與特例）。

也就是說，我們把這些基本的「樂高積木」組合拼接在一起，就成了一個真正的宏偉建築。

這樣的拼接結構是完全符合大腦的「邏輯架構」的，當讀者大腦的邏輯架構被滿足之後，他們也會接受你的論點。把這些組織方式結合在一起使用，就可以得到更加完整的議論文，甚至是成熟的諮詢文章了。

本章總結

在本章，我們細數議論文的組織方式。在前兩節，我們告訴大家平時要多累積「樂高積木」，不要從零寫起，而要從樂高積木開始拼接。同時我們告訴大家，樂高積木愈清晰愈精準愈好，這樣能夠滿足大腦的建構需求（想要知道謎團和細節的願望）。

同時，我們提供幾個「人腦最喜歡」的論點和論據的組織方式，並且對這些組織方式一一畫圖和舉例。希望大家把這些結構牢記於心，常常練習，並且練習把它們全部拼接在一起。

這樣，你的文章就會氣勢恢弘且邏輯充分：既有雄辯之感，也有強大的說服力。

8

用腦科學原理分析世界經典名篇

我們在前面七章詳細闡述如何用腦科學原理寫作。但在闡述的過程中，我們還存在一個小小的邏輯漏洞。那就是「如果你說的用人腦閱讀和聽故事的規律來寫作的方法是正確的，那麼過去的文學經典和世界名篇，也應該是符合這些規律的」。

也就是說，雖然古人沒有掌握我們今天所說的這些寫作規律，但是由於讀者的大腦有「篩選機制」，所以流傳下來的名家名篇，應該是符合我們講的腦科學原理的。如果流傳下來的名家名篇都不符合這些原理，那麼我們上面的論述也就都不成立了。

因此，在這一章，我們要把這個漏洞給堵上，也就是要逐一考察和論證「過去的經典名篇是否符合腦科學的一些規律」。在這一過程中，我們實際上給「文學批評鑒賞」加上一個新的「濾鏡」，那就是從「是否符合讀者大腦喜好」的角度來看經典名篇。如果這個濾鏡成立，就可以說，回溯歷史資料發現，我們人類確實喜歡這樣的故事。

8.1 叛逆者與代入感：花木蘭和孫悟空的共同點

人世間的事情很多是委屈難受的，絕大多數人的生活充滿了唯唯諾諾和遇見權威時的「敢怒不敢言」。所以，文學作品中有一大類的主角是「叛逆的精神偶像」。武俠小說作家李亮有一本書，叫《反骨仔》，裡面有這麼一段話，寫中國人的「忍」：「天下不平何其多？睜一眼，閉一眼，自有青天老爺審！聽天由命莫鬥狠。陳塘關，三太子，鬧海哪吒也自刎。」

正因為有這樣憋屈的人生，所以有一大類故事的主角往往是有叛逆精神的，其中最典型的就是孫悟空。他的每一步成長都是隱喻一個有叛逆精神的年輕人的成長，所以可以讓有叛逆精神的年輕人一直代入自己。

孫悟空一開始自封「齊天大聖」，覺得自己本事很大，既能打敗各路天兵天將，也可以去王母那裡吃桃子。這多像剛踏入社會的我們，覺得自己無所不能、精力旺盛、知識淵博，有時還覺得「那些『老傢伙們』什麼都不懂，你看我兩下就把一切都搞定了」。

然後呢，真有點本事的「孫猴子」被收編了，被分配到一個絮絮叨叨的「老闆」、一個「豬隊友」、一個「悶葫蘆」，還有一個挺好的「伺服器」（白龍馬），開始走上「創業旅程」。

其間歷經九九八十一難，有「豬隊友」扯後腿的時候、有「老闆」被誘惑的時候、有各路妖精要弄死自己，還有神仙不來幫忙，土地公公甚至來攪局的時候。西天那麼遠，似乎總走不到。有的只是來了又走、走了又來的白骨精、夫妻吵架傷及無辜的牛魔王，還有盤絲洞裡無數個女妖纏著自己，「老頑固」師父錯怪自己，而且偏偏他手裡還有緊箍咒。

而戰勝了這一切的孫悟空，蛻了一層皮，不再是「齊天大聖」了。他經歷了這些苦難，變成了「鬥戰勝佛」。

「鬥戰勝佛」，這四個字可真不簡單。在這個殘酷的世界，妖魔鬼怪折磨人，人卻以筋骨鬥，以熱血戰，以智慧勝。在這個世界中尋找平和，居然磨出了佛性。

這就是中國人成長的哲學：且悟，什麼是空。

所以我們對孫悟空有莫大的代入感，那種忍受委屈、憤恨、被拖累時候的嘆息，還有責任感帶來的無怨無悔，都是植入我們內心的共同的情感，所以孫悟空才當之無愧地成了最受中國人歡迎的精神偶像。

同樣，《西遊記》的配角，我們也是能在生活中找到影子的，比如豬八戒的特點是好吃懶做卻懂得取巧、沙悟淨則是勤勤懇懇踏實肯幹，卻沒多大存在感。生活中也實實在在地存在這樣的人，能夠讓我們代入。

這就是大大地利用人的鏡像神經元和我們的代入感、我們的腎上腺素和感情的「雞尾酒」。

這樣的代入感在精神偶像中也可以看到，如花木蘭。〈木蘭詩〉是每個中國人都耳熟能詳，甚至深入靈魂的民歌。

它最後就點出木蘭的精神：「雄兔腳撲朔，雌兔眼迷離；雙兔傍地走，安能辨我是雄雌？」**這句話說出了千百年勞動婦女的心聲：「我也可以做出一番事業。」**在女人「大門不出二門不邁」的男權社會裡，一個女孩也可以建功立業，也可以

「賞賜百千強」，並且可以功成身退，看重事業看輕名利，淡然說一句「木蘭不用尚書郎」，處處有一種「誰說女子不如男」的代入感。

這樣的勵志歌謠，必然在廣大婦女中傳唱，而且其中蘊藏了深厚的親情：「願馳千里足，送兒還故鄉」、「阿爺無大兒，木蘭無長兒，願為市鞍馬，從此替爺征」、「爺娘聞女來，出郭相扶將；阿姊聞妹來，當戶理紅妝；小弟聞姊來，磨刀霍霍向豬羊」。這裡面的濃濃親情無不讓人動容。

木蘭除了是一個英雄，還是一個內心有小女兒情懷的嬌羞姑娘，文中有這樣的描寫：「脫我戰時袍，著我舊時裳。當窗理雲鬢，對鏡貼花黃。」

一個征戰十年的英雄，一個拒絕尚書郎的女中豪傑，跟我一樣是爹娘的女兒，她也一樣愛打扮，一樣嚮往回家——這就是深深的代入感：木蘭就是我們的一員，就跟我們一樣，未來的木蘭可能是我們的姐妹，我們的妻子，我們的女兒。

這樣，木蘭的形象就成了人民能代入的形象，就成了在人民中流傳了千年的形象。這就是文學能夠感召人的地方。

可以說，孫悟空和花木蘭雖然都是叛逆的偶像，但是表達的都是中國人最深的情感寄託，所以能讓人有最強烈的代入感。正因為如此，孫悟空和花木蘭才成為了文學上的經典形象。

8.2 「適讀性的巔峰」白居易

宋朝人有一段謠傳：白居易每做一首詩，都要為老奶奶念一遍，問問老奶奶聽懂沒有，如果沒聽懂，他就去改。

這段話最早來自宋．彭乘《墨客揮犀》卷三，原文是：

「白樂天每作詩，令一老嫗解之，問曰：『解否？』嫗曰『解』，則錄之；『不解』，則易之。故唐末之詩近於鄙俚也。」

這段文字其實是諷刺白居易的，造謠因為白居易每次寫詩都要給老婦人看，所以唐詩才被他帶得粗鄙了。但後人並不跟著這一兩個酸文人諷刺白居易，甚至還把這個謠傳當作佳話到處流傳。可見，人民對於詩歌適讀性很高的詩人，評價是很高的，即便有人刻意「黑」他，都可能解讀成誇讚。

實際上來說，白居易活著的時候，社會地位是相當高的：官至太子少傅、刑部尚書，封馮翊縣侯。這相當於什麼社會地位呢？就是古代司法部門的最高官員、未來皇帝的老師、一位封侯的侯爺，可以說離宰相也就差那麼一兩步了。

但是，他對勞動人民是什麼態度呢？

在〈琵琶行〉裡，他對一個賣藝的琵琶女說：「同是天涯淪落人，相逢何必曾相識！」在〈賣炭翁〉裡，他看到一個賣炭的老人而感慨：「可憐身上衣正單，心憂炭賤願天寒。」在〈觀刈麥〉裡，他看到農民耕種和收穫的辛苦而感慨：「今我何功德，曾不事農桑。吏祿三百石，歲晏有餘糧。念此私自愧，盡日不能忘。」

可見，白居易即便高官厚祿，也從沒把自己和人民切割開來。他還是認為，所有人跟我是一樣的人，賣藝的琵琶女與我「同是天涯淪落人」，賣炭的老人引起他最深刻的共鳴，農民的耕種讓他感慨自己何德何能，可以不用去務農，一定要記得感恩。

所以，他的詩歌適讀性很高，大家都能讀懂。這是一種哲學境界。記得網友曾笑稱「劉國梁用公車卡打乒乓球就可以打哭你」。同理，文字技法臻於化境的人，是不拘泥於複雜的生僻字的。這就跟奧運桌球冠軍劉國梁打乒乓球不需要好球拍同道理。

我們在第4章講了一個「拽文」的例子，就是2020年中國大學入學考試中浙江卷的考生，大家還記得嗎？

現代社會以海德格的一句「一切實踐傳統都已經瓦解完了」為嚆矢。濫觴於家庭與社會傳統的期望正失去它們的借鑒意義。但面對看似無垠的未來天空，我想循卡爾維諾「樹上的男爵」的生活好過過早地振翮。

我們懷揣熱忱的靈魂天然被賦予對超越性的追求，不屑於古舊座標的約束，鍾情於在別處的芬芳。但當這種期望流於對過去觀念不假思索的批判，乃至走向虛無與達達主義時，便值得警惕了。與秩序的落差、錯位向來不能為越矩的行為張本。而縱然我們已有翔實的藍圖，仍不能自持已在浪潮之巔立下了自己的沉錨。

……（後略）

這樣的文章就是恨不得把自己知道的生僻字都用上，向所有人顯擺詞彙量，但得不償失，適讀性降到了很低的程度，反而給人一種「差生文具多」（前一句：學霸兩枝筆）的感覺。

文字是一種工具，承載的是人的思想。思想深度不夠，堆砌生僻字也就成了炫耀，這樣的取巧方法是無論如何都不會得人心的。

相比之下，白居易雖然被人造謠，被人藉以貶低唐詩，但是後來的人們卻把謠言傳成佳話，認為這是在誇讚他。由此可見，雖然人民不懂什麼是適讀性，但是適讀性高又文學性高的作品一定能夠得人心。這就是文字的最高境界。

8.3 親情交織的科幻作品《星際效應》

《星際效應》（*Interstellar*）是一部科幻作品，但實際上它是敘述人的親情的。它用穿越時空的故事來講父女之間穿越時間的親情。電影中有兩對父女：一對是庫珀（Cooper）和墨菲（Murph），另一對是布蘭德（Brand）教授和艾蜜莉亞（Amelia）。前者的遭遇是父親看著女兒死去，而後者的遭遇是女兒看著父親死去。主角庫珀因為穿越星際，被困在四維空間，再出來的時候地球時間已經過了80年，他可以在四維空間裡看到女兒的成長，可女兒卻看不見父親的存在。而教授沒能等到艾蜜莉亞穿越回來。這樣，時間的穿梭就形成了親情的交錯。

因此，物理上的時間穿梭，隱喻的是一生的錯過。所以布蘭德教授說：「我不怕死，我怕的是時間。」庫珀回到太空站的時候，墨菲那裡的時間已經過了80年，她已經變成快100歲的老嫗了。

庫珀站在病房外，痛苦地想：「我離開的一年，是她的一生，我該怎麼挽回和她錯過的一生，我該怎麼求她原諒我錯過了她的一生？」

《星際效應》中還設計了一個「完美女婿」的形象：一個溫柔的醫生，話不多，卻懸壺濟世。不論墨菲是悲、是喜或是發脾氣，他總是默默站在墨菲的身後。他有點天性膽小，但是能為了墨菲而變得勇敢。

看了這部作品，我才發現庫珀對墨菲的愛有多深。他每做一件事，腦子裡想的都是墨菲，他甚至連呼吸都是為了墨菲。就算墨菲脾氣大到多年都不原諒他，他還是深信墨菲愛他就像他愛墨菲，只要是他送的手錶，墨菲一定會回來找的。父女的感情，實際上穿越了時空。

看到這裡，我彷彿能體會其同名小說的作者的心。作者葛瑞格本人當時已經51歲了，女兒妮拉才6歲，他害怕時間，害怕時間讓他們父女錯過一生。就像故事裡的庫珀和墨菲一樣，庫珀看不見女兒墨菲的成長，看不見她從叛逆到成熟，成為科學家，最後變成拯救世界的偉大女人，也看不到她生兒育女，子孫滿堂。

看《星際效應》之前，我以為它是科幻作品，講的是物理。看完了，我發現它是人類學的作品，講的是父女親情。

很多朋友愛開玩笑，說女兒是爸爸的「小情人」，這說的是父女有多親密。以前我聽這話也就樂樂，看完這部作品突然明白，這句話是錯的，是女人們的自以為是。在男性眼裡，在親密無間、愛不可分方面，情人不是最高級，女兒才是。

太陽的萬丈光芒是不需要拿星星來譬喻的，《星際效應》把這個觀點潤物細無聲地教給了我們。

人類的感情永遠是最共通的話題，能夠跨越文化和時空：在世界任何角落、任何地區，用任何文字寫出來的深刻討論親情的故事，都能引起人們的共鳴。

8.4 「多巴胺詩人」李白

現代很多人喜歡看「爽文」。爽文就是能讓主角們順風順水或者恣意激蕩的文章。更常見的，就是主角擺脫了一切煩惱，「管他天高地厚，我就是這樣瀟灑」的文章。

爽文就是給人多巴胺獎賞回路的文章，而李白就是爽文的鼻祖。下面我們看看他都寫了什麼爽文爽詩：

君不見，黃河之水天上來，奔流到海不復回。君不見，高堂明鏡悲白髮，朝如青絲暮成雪。

人生得意須盡歡，莫使金樽空對月。天生我材必有用，千金散盡還復來。

—我是一個天才，就算花掉所有錢，還能再把它們拿回來。

我本楚狂人，鳳歌笑孔丘。手持綠玉杖，朝別黃鶴樓。五嶽尋仙不辭遠，一生好入名山遊。

—我就像楚國的那個狂人一樣，唱歌嘲笑孔夫子。拿著仙人的綠玉杖，我能到仙人所去的地方去。

大鵬一日同風起，扶搖直上九萬里。

—我就像大鵬鳥一樣，總有一天會和風飛起，憑藉風力直上九天雲外。

仰天大笑出門去，我輩豈是蓬蒿人。

—我就大笑著摔門而去，我哪裡是長期處於草野之人。

夫天地者，萬物之逆旅。光陰者，百代之過客。而浮生若夢，為歡幾何？

—天地不過是萬物的客舍，時間也不過是一個過客。生死只是一場夢。

從這些詩句中，我們看到了李白爽文的風格：看輕錢財、看輕地位、看輕挫折、看輕天地、看輕時間，甚至看輕生死。這就是極致的爽文：告訴讀者，這些都沒有什麼可怕的。

當然，可能有人要反駁我：李白本也是個肉體凡胎，其實也會在生死關頭害怕，在權勢下低頭，也會對錢財捉襟見肘。是的，正因為我們都是肉體凡胎，所以直面恐懼、嘲笑恐懼的作品，才是真正屬於每個人的爽文。

或許可以說，李白正因為「爽文」寫得精彩絕倫，才得有「浪漫主義詩仙」的稱號。所謂浪漫主義，就是側重從主觀內心世界出發，忘記痛苦和煩惱，用熱情奔放的文字抒發對理想世界的熱烈追求。

在這一點上，李白登峰造極，極大地滿足了我們的多巴胺，所以他的詩歌也被千年傳頌。

8.5 啟動GABA的《一千零一夜》與《儒林外史》

《一千零一夜》和《儒林外史》這樣的文學作品喜歡透過一個故事講一個道

理，並且把道理點出來，讓人恍然大悟，也就是滿足你的GABA。

我們拿幾個大家耳熟能詳的故事來舉例。

一個例子是《儒林外史》裡的一篇諷刺小說〈范進中舉〉，故事的梗概是：

廣東有一貧苦童生范進從20歲開始考秀才，理想是中舉人。結果，直到34歲才中了秀才。他的岳父胡屠戶是個趨炎附勢、嫌貧愛富的人，對女婿感到很不滿意。

他在范進面前趾高氣揚，粗野狂暴，范進也只是唯唯諾諾、低聲下氣。後來，范進好不容易中了舉人，卻喜極而瘋，最後被岳父一個耳光打醒了。

這個故事的寓意是，假如一個人長期忍受委屈，那麼在真的遇見好事時，心裡就可能崩潰，也會瘋掉。

同樣，《一千零一夜》裡面也有很多大家非常熟悉的故事，比如〈阿拉丁與神燈〉、〈阿里巴巴與四十大盜〉等。這些故事都在講一些道理，例如人要向善、不能貪心、不能違背諾言、不能背叛朋友，不能突破底線等。

這樣的故事之所以在全世界都很流行，成為成年人和兒童口耳相傳的故事，就是因為它們「講道理」的能力很強，能夠讓人頓悟人生的一些道理，滿足大家的GABA。

因此，如果你有一些道理要講述，也可以包裝成寓言故事的形式，這樣就有可能在很大的範圍內傳頌。

本章總結

我們在這一章回溯了以前的名家名篇，古今中外的好故事都有。我們發現，這些故事之所以能夠流傳下來，都是因為符合一些腦科學原理，所以深深地抓住了讀者的心。至此，我們的寫作邏輯的最後一環算是閉合了。我們找到證據，發現以往的文學作品也是支援我們的理論的。

當然，我們列舉的證據只是符合腦科學理論的一小部分作品，還有大量的文學作品得靠你去分析。希望你以後看見流傳千年或者是當下流行的文學作品，都問自己這樣一些問題：

「這個故事到底哪裡觸動我了？」

「它符合什麼腦科學原理？」

「我可以把這些原理用在我的寫作中嗎？」

如果你每次都這樣問自己，那麼我們這本書的目的也就達到了。

結語

親愛的讀者們，感謝你與我完成了這樣一段美好的旅程。我們在讀者的大腦與寫作的技巧之間來回穿梭，就好比我們在食客的品味與烹飪的原理之間穿梭一樣：運用之妙，在於轉換立場。

這本書就是告訴你如何轉換「寫作的立場」，告訴你一般的讀者是怎麼想的，所以你作為作者到底應該怎麼做。

在這段旅程的開始，我告訴大家我寫這本書的宏大目標：我不只要教授寫作，還要教授內容創作。中國的內容創作產業還遠遠沒有發展起來，而未來的幾十年，內容創作這個領域將衍生出無數的工作機會，表現出巨大的發展潛力。

本書裡說的很多腦科學原理不只可以用於寫文章，還可以用於以下所有內容的創作：廣告詞、行銷文案、自媒體文章、演講稿、網文、小說、泛文學創作、劇本、歌詞、影視周邊、漫畫和其他所有二次元創作等。

無論是哪種內容創作，我都希望你們在創作的時候記住代入感與鏡像神經元，記住皮亞傑建構，記住「樂高積木」與組織方式，記住感情雞尾酒，記住GABA，記住譬喻、擬人和排比的建構法，記住人腦喜歡韻律，記住平仄的規律。這些都是你創作內容的工具，希望你把它們都裝進你的工具箱。

在這本書裡，我舉了很多自己的文章作為例子，並不是因為我自傲文章好，而是因為使用這些文章不需要獲得授權。所以，這些例子不是最優的，希望你能夠運用我們提供的原理，挖掘出更多好例子。

最後，希望我的傾囊相授能給你們的內容創作插上騰飛的翅膀，希望以後，我的讀者中能夠產生偉大的作者，寫出《哈利．波特》那樣暢銷全球的作品，寫出《天外奇蹟》那樣感人至深的作品。希望你們寫的歌詞能傳唱，你們寫的文章能被無數人轉載，你們做的文案能轉換率直升。

希望你們，用這些原理，打動人心。

參考資料

1 M. Knott, L. Alvarez, S. Krasniuk, and S. Medhizadah, 「Book Review: The reader'sbrain: How neuroscience can make you a better writer, by Douglas, Y.,」 Otjr Occup.Particip.Heal.,vol.36,no.2,p.99,2016.

2 R. Iger, The Ride of a Lifetime: Lessons Learned from 15 Years as CEO of the Walt Disney Compdny, 2019.

3 Y.N. Harari, Sapiens: A Brief History of Humankind, 2017.

4 C. M. MacLeod, "Half a century of research on the Stroop effect: an integrativereview.," Psychol.Bull.,vol.109,no.2,p.163,1991.

5 I. Biederman and E. A. Vessel, "Perceptual pleasure and the brain: A novel theory explains why the brain craves information and seeks it through the senses,"

Am.Sci.,vol.94,no.3,pp.247–253,2006.

6 K. Kunze, H. Kawaichi, K. Yoshimura, and K. Kise, “The wordometer—estimatingthe number of words read using document image retrieval and mobile eye tracking,” in2013 12th International Conferenceon Document Analysis and Recognition,2013,pp.25–29.

7 J. Kruger and F. Steyn, “Subtitles and eye tracking: Reading and performance,” Read.Res. Q.,vol.49,no.1,pp.105–120,2014.

8 D.Beymer,P.Z.Orton,andD.M.Russell, “An eye tracking study of how pictures influence online reading,” inIFIPConferenceonHuman-ComputerInteraction,2007, pp.456–460.

9 P.Luegi,A.Costa,andI.H.Faria, “Usingeye-tracking to detect reading difficulties,” 2011.

10 K. D. Federmeier, “Thirty years and counting: Finding meaning in the N400component of the event related brain potential (ERP),” NIH Public Access, pp.621–647,2014.

11 S. Kousaie, C. Laliberté, R. L. Zunini, and V. Taler, “A behavioual and electrophysiological investigation of the effect of bilingualism on lexical ambiguity

resolution in young adults," vol.9,no.December,pp.1–14,2015.

12 E. F. Lau, C. Phillips, and D. Poeppel, "A cortical network for semantics: (de) constructingtheN400.," Nat.Rev.Neurosci.,vol.9,no.12,pp.920–933,2008.

13 A. M. Proverbio, B. Cok, and A. Zani, "Electrophysiological measures of language processing in bilinguals.," J.Cogn.Neurosci.,vol.14,pp.994–1017,2002.

14 E.Kaan, A.Harris, E. Gibson, andP.Holcomb, "TheP600 as an index of syntactic integration difficulty," Lang.Cogn.Process.,vol.15,no.2,pp.159–201,2000.

15 N. K. Logothetis, "What we can do and what we cannot do with fMRI," Nature, vol.453 ,no.7197,pp.869–878,2008.

16 P. Fries, "A mechanism for cognitive dynamics: neuronal communication through neuronal coherence.," TrendsCogn.Sci.,vol.9,no.10,pp.474–80,2005.

17 B. Z. Mahon and A. Caramazza, "A critical look at the embodied cognitionhypothesis and a new proposal for grounding conceptual content," J. Physiol. Paris,vol.102,no.1–

3,pp.59–70,2008.
18 L. Schilbach, “The Neural Correlates of Social Cognition and Social Interaction,” BrainMapp.,vol.3,no.March,pp.159–164,2015.
19 R.L.MoseleyandF.Pulvermüller, “Nouns,verbs,objects,actions,and abstractions: Local fMRI activity indexes semantics,not lexical categories,” BrainLang.,vol.132, pp.28–42,2014.
20 L. Papeo, A. Lingnau, S. Agosta, A. Pascual-Leone, L. Battelli, and A. Caramazza, “The Origin of Word-related Mot or Activity.,” Cereb.Cortex,pp.1–8,2014.
21 L. Aziz-Zadeh and A. Damasio, “Embodied semantics for actions: Findings from functional brain imaging,” J.Physiol.Paris,vol.102,no.1–3,pp.35–39,2008.
22 M. Kiefer and F. Pulvermüller, “Conceptual representations in mind and brain:Theoretical developments, current evidence and future directions,” Cortex, vol. 48,pp.805–825,2012.
23 D. Kemmerer and J. Gonzalez-Castillo, “The Two-Level Theory of verb meaning: An

approach to integrating these manticsofaction with the mirror neuron system," BrainLang.,vol.112,no.1,pp.54–76,2010.

24 Y. Yang et al., "Concept encoding of human motor cortical neurons," Soc. Neurosci.,2014.

25 Y. Yang et al., "Sensorimotor experience and verb-category mapping in human sensory,motor and parietal neurons," Cortex,vol.92,2017.

26 F. Paas, J. E. Tuovinen, H. Tabbers, and P. W. M. Van Gerven, "Cognitive loadmeasurement as a means to advance cognitive load theory," Educ. Psychol., vol. 38,no.1,pp.63–71,2003.

27 J. Sweller, "Cognitive load theory," in Psychology of learning and motivation, vol.55,Elsevier,2011,pp.37–76.

28 B.BensonandJ.Manoogian, "Cognitivebiascodex." 2018.

29 Y. Yang, "A neural electrophysiological study of lexical stress parsing." University of

Pittsburgh, 2013.

30 H.Wu,X.Ma,L.Zhang,Y.Liu,Y.Zhang,andH.Shu, "Musical experience modulates categorical perception of lexical tones innative Chinese speakers," Front. Psychol.,vol.6,p.436,2015.

31 Kalina,C.,&Powell,K.C.(2009).Cognitive and social constructivism:Developing tools for an effective classroom.Education,130(2),241-250.

32 Daniel Wolpert's TED talk,The real reason for brains,PostedonTED,Nov,2011

33 Daniel,Kahneman. "Thinking,fast and slow." (2017).

34 Li,Y.,Zhou,X.,Zhou,Y.,Mao,F.,Shen,S.,Lin,Y.,Zhang,X.,Chang,T.H.&Sun, Q. (2020). Evaluation of the quality and readability of online information about breast cancerin China.Patient Education and Counseling.

35 Tseng, H. C., Chen, B., Chang, T. H., & Sung, Y. T. (2019). Integrating LSA-based hierarchical conceptual space and machine learning methods for leveling thereadability of

domain-specific texts. Natural Language Engineering, 25(3), 331-361.(SSCI,SCIE)

36 Lin, S. Y., Chen, H. C., Chang, T. H., Lee, W. E., & Sung, Y. T. (2019). (online first). CLAD: A corpus-derived Chinese Lexical Association Database. Behavior Research Methods.https://doi.org/10.3758/s13428-019-01208-2(SSCI)

37 Hsu,F.Y.,Lee.H.M.,Chang.T.H.,&Sung,Y.T.(2018).Automat edestimation of item difficulty for multiple-choicetests:An application of word embedding techniques. Informati on Processing and Management,54,969–984.(SSCI)

38 Buzsáki,G.(2007).Thestructureofconsciousness.*Nature,446*(7133),267-267.

39 Hoffman,B.B.(2013).Adrenaline.HarvardUniversityPress.

40 Plutchik, Robert Ed, and Hope R. Conte. Circumplex models of personality andemotions.American Psychological Association,1997.

41 Rizzolatti, Giacomo, and Laila Craighero. "The mirror-neuron system." *Annu. Rev. Neurosci. 27*(2004): 169-192.

42 Shapiro, Lawrence. Embodied cognition.Routledge,2019.

43 Yang, Y.,Dickey, M.W., Fiez,J., Murphy,B., Mitchell, T., Collinger,J.,... &Wang, W. (2017). Sensorimotor experience and verb-category mapping in human sensory,motor and parietal neurons.Cortex,92,304-319.

44 McGlone,M.S.;J.Tofighbakhsh(2000). "Birds of a feather flock conjointly(?):rhymeas reason in aphorisms" .Psychological Science.11(5):424–428.doi:10.1111/1467-9280.00282.PMID11228916.

45 McGlone,M.S.;J.Tofighbakhsh(1999). "The Keats heuristic:Rhymeasreasonin aphorism interpretation" . Poetics. 26 (4): 235–244. doi:10.1016/s0304-422x(99)00003-0.

國家圖書館出版品預行編目(CIP)資料

高流量寫作：不用打廣告，也能擁有200萬鐵粉的社群寫作技巧／楊瀅著. -- 初版. -- 新北市：大樹林出版社，2023.05
面；　公分. --（閱讀寫作課；1）
ISBN 978-626-97115-2-9（平裝）

1.CST: 寫作法 2.CST: 網路社群

811.1　　112005294

系列／閱讀寫作課 01

高流量寫作
：不用打廣告，也能擁有200萬鐵粉的社群寫作技巧

作　者／楊瀅
總 編 輯／彭文富
主　編／黃懿慧
校　對／楊心怡、李麗雯
封面設計／木木Lin
內文排版／菩薩蠻數位文化有限公司
出 版 者／大樹林出版社
營業地址／23357 新北市中和區中山路 2 段 530 號 6 樓之 1
通訊地址／23586 新北市中和區中正路 872 號 6 樓之 2
電　話／(02) 2222-7270　　傳　真／(02) 2222-1270
官　網／www.gwclass.com
E-mail／notime.chung@msa.hinet.net
Facebook／www.facebook.com/bigtreebook
發 行 人／彭文富
劃撥帳號／18746459　戶名／大樹林出版社
總 經 銷／知遠文化事業有限公司
地　址／新北市深坑區北深路 3 段 155 巷 25 號 5 樓
電　話／02-2664-8800　　傳　真／02-2664-8801
初　版／2023年04月

楊瀅《寫作腦科學：屠龍的高效寫作指南》本書的臺灣繁體版由四川一覽文化傳播廣告有限公司代理，經人民郵電出版社授權出版。繁體版書名為《高流量寫作》。

定價　台幣／380元　港幣／127元　ISBN / 978-626-97115-2-9